■ 河南评论家文丛

根与芽：经典的现代性阐释

王 伟 著

河南大学出版社
HENAN UNIVERSITY PRESS

·郑州·

第三编 中国现当代文学经典作品研究 /179

生命意识的觉醒与寂灭
——《小城三月》中翠姨形象分析 /181

"欲"之狂欢与"罪"之超越
——铁凝《大浴女》中女性形象解读 /190

反抗与失落
——从冯沅君小说创作的得与失谈起 /206

第一编　　传统吟诵的当代传承

论传统吟诵的当代价值

一、"一时戏语"引发的古今读书方法论思辨

南宋词人、文学家周密在他的笔记《齐东野语》卷二十《读书声》一文中讲述了苏东坡的一件逸事:"昔有以诗投东坡者,朗诵之而请曰:'此诗有分数否?'坡曰:'十分。'其人大喜。坡徐曰:'三分诗,七分读耳。'"[1]369 周密在讲述完这件逸事之后随即评论道:"此虽一时戏语,然涪翁(黄庭坚)所谓'南窗读书吾伊声',盖善读书者,其声正自可听耳。"[1]369《齐东野语》是一本史料笔记,内容博杂,涉及当世(南宋)及之前的逸事琐闻、品藻诗文、文物鉴赏等,是中国传统文史典籍中非常著名的"稗官野史"。虽为"野语",但周密敢于秉笔直书,《齐东野语》的史料价值也体现在对史实详细而准确的记载上,清代纪昀在《四库全书提要》中评价该书"足以补史传之缺"。当然,我们无意于考究这段逸事本身的真实性,值得我们关注的是何以"三分"的诗歌一经"朗诵"就成了"十分"的结果。东坡所谓的读书"吾伊"声是什么?逸事中的"朗诵"与东坡所谓"吾伊"声,以及今天的我们所说的朗诵有什么区别?这些问题是值得认真思考的。

东坡评价黄庭坚诗歌所谓"吾伊"声即"唔咿"声，即诗歌韵律和谐，平仄相间，读起来是气韵生动、虚实流转、婉转圆润、非常好听的样子。其实，不仅是黄庭坚的诗读起来符合这种特点，中国古代优秀韵文都有这种声音之美。古代诗文在读法方面有固定的规矩法度，这些规矩法度是与汉语、汉诗、汉词、汉文的固定特点紧密相关的，是自然如此、自古如此的。《尚书·典尧》有云"诗言志、歌永言、声依永、律和声"；《礼记·乐记》表述为"言之不足，故长言之；长言之不足，故嗟叹之；嗟叹之不足，故不知手之舞之、足之蹈之也"；《毛诗序》又表述为"诗者，志之所之也。在心为志，发言为诗。情动于中而形于言，言之不足故嗟叹之，嗟叹之不足故咏歌之，咏歌之不足，不知手之舞之，足之蹈之也"。由此可见，在中国古典诗歌产生机制中，诗人所要表达的含义与读法、声音是紧密关联的，究其本质而言，读法是诗人思想和情感的外化。因此，我们可以得出这样一个结论：读法（即诗歌的内在音韵、节奏、长短、快慢）是古诗文重要的组成部分，东坡论黄庭坚诗歌时的"吾伊"声，即诗歌的读法，是举证"投诗者"的诗歌为何由"三分"增加到"十分"的重要原因。

现代诗歌的朗诵、朗读源于20世纪初。新文化运动伊始，伴随"文明戏"（话剧表演艺术）的勃兴，白话诵读悄然兴起，成为现代朗读、朗诵法的滥觞。现代朗读、朗诵由于受到欧洲重音节语言读法的影响，逐渐抛弃了传统汉诗文的读法。与传统读书法相比，现代朗诵、朗读虽然也重视诗文字词句的轻重、节奏，但很少重视音调，基本没有长音节（即《礼记·乐记》中的"长言"）；另外，现代朗读、朗诵多带有表演性质，而传统读书法更专注于读者自身的个人体验。《齐东野语》中的"投诗者"的"朗诵"能够达到声调"吾伊"的效果，显然是传统读书法。为了区别古今两种不同的"朗诵"，我们把传统读书法称为"吟诵"。

"吟诵"是中国古典诗歌的灵魂，中国古典诗歌是伴随着吟诵的传统成长起来的。从战国末年"行吟泽畔"的屈原，到唐代"歌吟终日如狂叟"的白居易，到北宋时期"何妨吟啸且徐行"的苏东坡，再到清代"得听清吟，至绝眠餐"的蒲松龄，直至近现代"吟罢低眉无处写"的鲁迅，在中正平和、雅言流觞之中，风骚之义得到传承，君子之风千年流转。然而，自1905年清政府废除科举后，吟诵失去了其主要的传承渠道——私塾，日渐式微，几成绝学。新时期以来，随着对传统文化的日益重视，吟诵之学又受到学人的关注，但由于中断了近百年的时间，吟诵的传承、发展和教育推广工作面临着诸多困难。

二、为何吟诵：重回古典诗歌的"声音现场"

质言之，吟诵就是"读书"，就是按照中国语言本有的韵律读书，吟诵是中国语言、中国诗文乃至中国文人内在生命中流淌的韵律，是中国传统文化的重要载体。概括起来，传统吟诵的意义与价值主要体现在四个方面。

首先，吟诵是古代汉诗文的创作方式。从屈原开始，中国人"作诗"就是"先吟后录"的，"吟"就是拖长腔，在"吟"的过程中，字或词的意义被放大、被深化了，所谓"两句三年得，一吟双泪流"，正是体现了诗歌创作"炼字"的艰辛与高绝。鲁迅先生"吟罢低眉无处写"就很好地印证了中国传统诗文"先吟后录"的创作方式。我们今天有一部分所谓的"诗人"在创作古体诗时，不是在纸上涂来画去，就是在电脑前回车删除，与古人创作诗歌的方式完全不同。创作方式不同，诗歌意义的呈现方式就不同。比如，杜甫七律《登高》首联"风急天高猿啸哀"中的"哀"字既是韵字、"诗眼"，又是平声字，首句"哀"字即决定了诗歌的情绪、氛围，是作者的心声，须声调压低、长吟，唯有如此，才能生发创造出后来的"落木""悲秋""多病""独登台""苦恨""双鬓""浊酒杯"等与"哀"相一致的诗歌意象。从创作方式的轨迹考察，中国古代大部分诗词文赋都是通过吟诵的方式创作的，因此也只有通过吟诵的方式才能重回诗词文赋产生的"声音现场"，与千年前诗坛圣手、文坛巨擘一同感受诗词文赋的内涵和韵味，一起体验生命的清晰与真诚。

其次，吟诵是汉诗文的诵读传播方式。汉诗文最重"言外之意"。所谓"言外之意",多指诗文的意象、典故、意境等。只有通过吟诵,才能把诗文的长短高低、轻重缓急这些声音的意义呈现出来,才能使读者和听者更为深切地理解诗文的"言外之意"。古代私塾先生教授学生时,常常摇头晃脑、闭目陶醉,声音抑扬顿挫、长短高低相间,正是陶醉、深味于诗中境界的形象表现。朱熹在《朱子语类》中直言:"学者读书,须要敛身正坐,缓视微吟,虚心涵泳,切己省察。"[2]179可以说,只有通过吟诵,才能真正进入诗文,与诗人一起感受每一次的心跳、心痛,才能更加深刻地体味、深入骨髓地记诵。这也是中国经典诗词文赋千年流转、不绝如缕的重要原因。

其三,吟诵是汉诗文的教育教学方式。子曰:"兴于诗,立于礼,成于乐。"在"诗教""礼教""乐教"儒家三教中,"诗教"是最基本、最重要的教育方式。因此,作为"诗教"实现方式的吟诵必然是儒家最为看重的一种修身立德方式。当今时代,我们提倡复兴国学、诵读经典。但如何诵读?是采用现代的朗读、朗诵还是传统的吟诵?笔者觉得,应该采用效率更高、效果更佳的吟诵教学法。吟诵教学法,简单来讲,就是教师带领学生按照吟诵规律大声诵读数遍,辅以少量的讲解。这种只重读诵、辅以讲解的方法,看起来似乎是教师不负责任,却是极明智、极负责、极深刻的教学法。吟诵的过程就是"正音识字"的过程,大声读、诵,必然要把每个字的声母、韵母、声调都发得很准确,而且要拖腔,让孩子们听清楚、记准确,并且通过反复诵读,自我体悟诗文的思想和情感,正所谓"书读百遍,其义自见",对于初学者来讲,这比教师长篇大论、苦口婆心的讲解更加深刻,记忆更加恒久。古代的儿童,一般三四岁开蒙,六七岁进学馆,进学馆时,已经能够背诵《三字经》《百家姓》《千字文》,识字量一般应在三四千字,初步具备了自我阅读的能力。反观我们今天的教育,小学毕业 12 岁,识字量能够达到 2000 字已经是非常优秀的了,这在一定程度上限制了孩子的自我学习能力和对文化的亲近感。

其四,吟诵是中国思维和精神的传承方式。在 2015 年第三届"中华吟诵周"开幕式上,中宣部副部长王世明说,吟诵是大事,是"小抓手、大主题",是贯彻落实习近平总书记"关于继承弘扬中华优秀传统文化"重要讲话精神的具体举措。他认为"中华经典吟诵,我们用它来构筑中国人的精神高度,提升中国人的灵魂"。[3] 中国文字与西方不同,西方语言多数为字母文字,语义和语音之间的关系是随意的、一成不变的,即 A 即是 A,B 即是 B;而中国汉字是象形文字,音义之间多存在复杂的内在联系。在传统音韵学中,汉字被分为"声""韵""调"三部分:"声"即字首辅音;"韵"即介音、元音和尾音;"调"即字音的高低升降。学者唐钺将中国语言这种特点归纳为"起、舒、纵、收",刘复则概括为"头、颈、腹、尾、神",前四者相当于声母、介音、元音、韵尾,最后的"神"则意指声调。另外,古代以"反切"法合二字之音为一字之音,其中,上字取其声母,下字取其韵母和声调,这种"反切法"直接影响到吟诵中的咬字行腔。吟诵顺应汉字音节结构,在咬字中展示汉语言特有的细腻与声韵之美,在平仄格律转换中内蕴节奏的抑扬顿挫。正如钱基博先生言:"夫文学之兴,造端歌谣。托风采,散郁陶,涤畅情性,岂徒语妙;而顿挫抑扬,尤重音节。"[4]922又曰:"古人文有阳韵、有阴韵。而后之人读其文者,抗坠抑扬,当随韵之阴阳而与为翕辟,如曾文正公所谓高声疾读以畅其气,恬吟密咏以探其趣。有宜出之喷薄者。有出之吞吐者。亢之则在青云之上,抑之则在渊泉之下,夫各有所当也。"[4]926 其中有气息虚实转换,阴阳之势流转变化,但始终又都归于中正平和,在经典诗文的深味涵泳中,最易达到"疏瀹五藏,澡雪精神"[5]103 的境界,养成清净真挚的性情和儒雅的君子之风。

三:吟诵何为:平长仄短,声情并茂

传统吟诵与方言同生俱来,因此方言吟诵是"原汁原味"的吟诵。目前国内吟诵界流派众多,各具特色,主要有唐调、华调、湘调、福州陈派等,首都师范大学徐健顺教授集采众家之长,提倡普通话吟诵,并提出了普通话吟诵须遵

循的"一本九法":"一本"即"声韵含义";"九法"即"入短韵长、虚实重长、平长仄短、平低仄高、依字行腔、依义行调、模进对称、腔音唱法、文读语音"。客观讲,普通话吟诵会有损吟诵的传统韵味。普通话发音的调值(即声调的实际读音)与方言不尽相同,普通话中的阴平阳平属于平声,上声去声属于仄声,而古音中的仄声还包括入声,入声的发音最为短促,入声的存在也是吟诵声调美感的重要因素之一,但在普通话中,入声已经不存在了,分别归入阴平、阳平、上声、去声中,这是一个矛盾。但时代发展到今天,地球变小了,一国之内、一城之中,居民来自五湖四海,南腔北调杂然并存,如果推广普及吟诵死守一种方言,势必把非本地籍的人排除在外,这是不现实和不明智的。尤其是新中国成立以后,全社会推广使用普通话,经过长期的发展,大部分的儿童、青年人不会讲方言了,吟诵要想实现推广,要想"进校园",必须使用普通话。无论是理论研究还是吟诵实践,普通话吟诵与方言吟诵共存共生、共促共荣的现状已经成为不争的事实。

  经过近 30 年的探索研究,无论是方言吟诵,还是普通话吟诵,有一些规则是目前吟诵界公认的、共同遵循的,比如"平长仄短""声情并茂"。先说"平长仄短"。中华传统诗词格律严谨,包括句式、平仄、押韵、对仗等,美在其中。声律方面,押韵固然重要,但新诗一般也有押韵,只是传统诗词的押韵特别严格细致而已；平仄相间，则是诗词形式最大的特点。纵观古典诗词发展史，唐以前的"古体诗"，在声调上只讲韵字的平仄，不讲整诗的平仄；唐以后的"近体诗"（主要指律诗、绝句）和词，则全面讲究平仄，让平仄声有规律地交替出现，取得疾徐相间、抑扬有致的声音效果，这是诗词格律的精华所在。平长仄短，主要指吟诵时音长的规则，平声拖腔，仄声及时收住，句尾的入声字，更要短促。需要说明的是，"平长"一般适用于七字句的二、四、六字和句尾韵字。如果遇到韵字是仄声字，节奏该如何把握呢？按照吟诵规则，韵字必然拖腔，但因为是仄声字，又必须读短，一般的处理方法是牺牲"仄短"服从拖腔，这是不恰当的。合理的做法是，在仄声韵字之后加上休止符略事停顿，然后拖腔。这样就兼顾了"平长仄短"和韵字拖腔两个方面，会取得很好的声音效果。比如柳永的《雨霖铃·秋别》，采取这种读法，会增加凄切之感。

再说"声情并茂"。诗词吟诵与今天的歌曲相比，更具文学性和语言性，更注意声律的音乐美，更注意诗词的意境和韵味。另外，一般的歌曲（个别民歌除外）是一首歌词配一首曲子，词曲是一对一的，好处是量体裁衣，缺点是曲子太多，难记难推广；传统诗词吟诵则大多是一种句式一种曲调对多首诗词，好记好推广。当然，句式、曲调相同的诗词，其内容、情绪、风格却千差万别，这个矛盾须由吟诵的人妥善解决。诗由人吟,情由人发,吟诵任何诗词时都绝对是从作品的内容和作者的心态出发,做到"声情并茂"或"以声带情"。

四、路在何方:吟诵教育推广的困境及出路

传统吟诵是儒家礼乐文化精神的体现,是汉诗文的"活态"。2008年,常州吟诵被列入国家级非物质文化遗产名录。千百年来,吟诵通过私塾和官学教育系统口传心授,流传至今,如今,在中华吟诵学会等民间学术组织的大力倡导下,传统吟诵受到了人们的重视,不仅在国内掀起了一股认识吟诵、学习吟诵、推广吟诵的热潮,而且在日本、韩国、越南和中国台湾等一些国家和地区,吟诵汉诗的传统一直流传不衰。但是通过调查,我们也深切体会到,传统吟诵正在走向式微,老一代吟诵学人日渐稀少,年轻一代不了解、不理解或者不愿意接受传统吟诵,传统吟诵正面临着后继无人、濒临灭绝的危险境地。

究其原因,首先是吟诵在继承、传播方面存在一定的劣势。吟诵产生的土壤是古代私塾,古代儿童蒙学识字读书、写字习文的过程本身就是学习吟诵的过程,因此也没有所谓的专门之学问。诚如华锺彦先生所讲:"吟咏之法,本非专门高深学问。过去师弟之间,教读唐诗,口耳相传,习以为常,自然人人会通。自'五四'以后,特别是解放以还,无

人提倡，吟咏之声日渐稀少，只有胡乱诵读，安蔽乖方。故欲振拔旧闻，难于开辟新径，甚至'平长仄短'，反成了专门学问……"[6]817 今天，能够熟练掌握传统吟诵方式的人已经越来越少，加上吟诵一无音响遗存，二无曲谱可据，能够找到的资料少之又少，难成系统，作品的内容情意各异，吟诵者的修养水平、年龄长幼、音色高低各不相同，也导致吟诵传承具有随意性和不确定性。这些都是影响吟诵继承和传播的不利因素。

其次是国内吟诵推广教育的"生态环境"不容乐观。据调查，目前国内亲身接触体验过吟诵传统的人并不多，再加上方言吟诵的局限性，使得真正体会吟诵作用和效果的人少之又少。新一代的年轻人绝大多数没有听过吟诵，或者根本就不知道还有吟诵，这就使得很多人因为对传统吟诵无所了解和体悟而在心理上先入为主地产生一种轻视和反对的心态。朱自清先生曾说："'五四'以来，人们喜欢用'摇头摆尾的'去形容那些迷恋古文的人。摇头摆尾正是吟文的丑态，虽然吟文并不必需摇头摆尾。从此青年国文教师都不敢在教室里吟诵古文，怕人笑话，怕人笑话他落伍。学生自然也就有了成见。"[7]，在调研过程中，我们发现，会吟诵的老先生基本上都在80岁以上，而且缺乏传承，如果不及时进行抢救性采录整理，吟诵这一宝贵的文化遗产恐将在国内消亡。

其三是吟诵教育方面存在一定的困难。2010年初,中华吟诵学会在北京成立,随即在全国范围内展开吟诵的抢救与采录、研究与整理、宣传与推广工作,并定期举办"中华吟诵周"系列活动,目前已举办三期。中华吟诵学会致力于吟诵教育推广,举办了各种培训班,来自全国各地的5000多名教师接受了培训并开展吟诵教学工作,全国大概500多所中小学开展了吟诵试点教学,数万名学生开始进行吟诵学习。中央文明办、教育部也进行了一系列尝试,比如,结合传统文化进校园活动,在小学阶段设立吟诵进课堂试点,举办"礼敬中华优秀传统文化"系列活动等。虽然吟诵教育推广如火如荼,但距离吟诵教育真正进入教育体制、吟诵课程进入大中小学生课堂还有很远的距离,还有很多工作要做。吟诵教育进课堂必然牵涉师资的培训、认定与评价,涉及统一教材的编写,课程计划、教学大纲的安排以及经费的资助,等等。吟诵教育推广事业任重而道远。

开展抢救性采录整理是传承、传播吟诵的基础性工作。根据我们的调查,年龄在百岁以上的读书人,基本上都会吟诵,但在世者已是凤毛麟角。今世最后一批熟稔吟诵的老先生,年龄基本上也都在80岁以上,少数学养深厚、书香世传的先生吟诵的文体比较全面。很多在世的老一辈的著名学者都会吟诵,如周有光、冯其庸、叶嘉莹、霍松林、吴小如、戴逸、钱绍武、许嘉璐、潘悟云、袁行霈、汤一介等。可以预见的是，五至十年以后，传统吟诵将基本消失。因此，能否抓住这段时间，把传统吟诵较为系统地保留下来，对今后吟诵事业的传承与发展尤为重要。没有传统吟诵作为基础，普通话吟诵的教育推广普及将成无源之水。

其次要开展吟诵理论研究工作。吟诵涉及语言学、训诂学、音乐学等多学科知识，研究之初，需要深入探索前辈学人的吟诵规律，厘清概念源流，梳理规律方法，才能为推广普及提供理论支撑。加之近年来，在吟诵复兴的过程中又出现了"新吟唱"等新的艺术形式，以及自创新调、新作古诗歌曲等良莠不齐的诗歌吟、读、诵、唱等形式，迫切需要考镜源流，甄别厘定，保证吟诵传统保持正宗、本色，不入歧途，沿着正确的道路发扬光大。

最后要促成传统吟诵真正回归教育体系。中华吟诵学会秘书长徐健顺教授曾充满深情地表达过他的期待："吟诵是要传下去的，吟诵不是复古。我们迫切盼望教育部能够形成政策，将吟诵作为师范类院校文史哲专业学生的必修课。希望吟诵能够活下去。"[7] 归根到底，吟诵是一种读书方法、一种学习方法，只有使之回归教育体系，从民间行为变为政府行为，才能真正使吟诵落地生根，开花结果。

"观今宜鉴古"，《诗经》"乐而不淫，哀而不伤"的教化方式是儒教传统的核心要义，既让情感抒发宣达而不受压抑，又不过于放纵沉溺。我们今天的吟诵，正是要承袭这样的传统,以"游于艺、成于乐"的方式,给予生命整体的浸染,贴耳倾听中华文化的玲珑之音,零距离感受传统经典文化的温度,这样的过程,何尝不是回归传统、养成中国文化自足与尊严的过程?

注释:

[1] 周密.齐东野语[M].张茂鹏,校.北京:中华书局,1983.

[2] 黎靖德.朱子语类[M].北京:中华书局,1986.

[3] 见:弘扬中华优秀传统文化公益论坛官方网站(http://www.ctwhlt.org)

[4] 刘梦溪.中国现代学术经典·钱基博卷[M].石家庄:河北教育出版社,1996.

[5] 刘勰.文心雕龙[M].杭州:浙江古籍出版社,2011.

[6] 华锺彦.再论唐诗的吟咏[M]// 华锺彦文集.开封:河南大学出版社,2009.

[7] 南开大学"中华吟诵的抢救、整理与研究"课题组.知音如见赏,雅调为君传:关于传统吟诵的调查与思考[J].光明日报,2013-05-28(15).

中原吟诵的普查与推广

一、吟诵及中原吟诵

吟诵是中国传统的读书方法，是按照一定的节奏、韵律和平仄诵读古代汉诗文的"读书法"，简言之，吟诵就是"读书"。中国古代并没有"吟诵"这一复合词，有的是"吟""咏""诵""读""歌""赋"等单音节字，如《庄子·德充符》"倚树而吟，据槁梧而瞑"[1]89、《诗经·小雅·节南山》"家父作诵，以究王讻"[2]338 等，其大致指称的就是诵读诗书的意思。究其原因，是因为中国古代尤其是先秦时期汉语的单音节字多、复合词少，这是一种较为普遍的语言现象。"吟诵"最早出现于汉代，东汉末年陈琳《答东阿王笺》："谨韫椟玩耽，以为吟颂。"[3]254《文选》李善注：吟颂谓讴吟歌诵。李善认为，颂是诵的通假字。后有庾信《周上柱国齐王宪神道碑》"莫不吟诵在心，撰成于手"和《晋书·儒林传·徐苗》"苗少家贫，昼执锄耒，夜则吟诵"等。

吟诵有狭义、广义之分。狭义的吟诵是指古代的书院、私塾传授的读书方法，又称为"吟咏"，这种方法严格遵守节奏、韵律和平仄等规矩法度，并通过声音形象地传达出读者对诗文内容的感悟与情感。广义的吟诵是在传统吟诵规律的基础上改编、新编具有吟咏意味的新曲调,又称为"吟唱"。

吟诵是中国古代本有的、自觉的唯一读书方法,也是成为文人士子最基本的素质和要求,往往在儿童启蒙时期就已经熟练掌握。先秦时期,《周礼》中就记载了国子之教中有"兴、道、讽、咏、言、语";秦汉时期,"乐府"机构成立,吟楚辞、诵汉赋成为主要的读书方法;魏晋南北朝时期,名士风流,以古琴伴奏、吟诵诗赋成为一种风尚;隋唐时期,随着科举制的实施、格律诗的盛行,吟诵在更大范围流行开来,吟诵的规矩法度也逐渐确立;宋元时期,市民阶层兴起,市井文化的流行,吟诵诗词成为时尚;明清时期,吟诵的规矩得以拓展,桐城派古文诵读方法得到了吟诵法的有益涵养。但随着清末科举制的废除、白话文的勃兴,吟诵失去了赖以生存的文化土壤,逐渐式微。"五四"以降的三十年,总体上是中国文学走向西方化、现代化的三十年,吟诵读书法逐渐淡出人们的视野;1949年新中国成立以后,我们经历了一系列否定历史、否定传统文化的"运动",整个文化、文学遭到毁灭性的打击,"吟诵"作为"旧时代的产物",概莫能外,几近断绝。

中原地区是中华文明的发源地。"中原"概念的产生肇始于郑州嵩山地区"天地之中"宇宙观的形成过程,黄帝部落、夏王朝、商王朝先后在嵩山一带建立。统治者为了自树正统的政治需要和全社会的跟进与推崇,特别强调自己居于中央,统治四方之威,从而进一步推广和强化了"天地之中"的概念。在距今5000至3000年间长达2000年的时间里,嵩山地区以强盛的文明中心巩固和定格了自己"天地之中"的地位,开始烙上"中土""中央"的印记,自此,"天地之中"宇宙观开始演变为地理概念。在最早的历史典籍《尚书》和随后的《史记》中,都清晰记载了这一转变。黄帝被誉为中华民族的始祖,黄帝古国在今天郑州新郑,《淮南子》记载:"中央土也,其帝黄帝。"夏王朝在嵩山周边的王城岗、新寨和洛阳的二里头等地建都,《尚书·禹贡》记载"中邦锡土、姓","中邦"即中央之国。商王朝在今天郑州建都,商代人在甲骨文中称谓自己的国家"中商",《史记》记载"殷,中地","中原"的地理概念就是这样产生的。

中原是一个历史发展概念。初始,"中原"仅指以嵩山为中心的"天地之中"区域,后来随着历史的发展不断扩大,先是今天的河南地区,后演变为以河南为中心,辐射周边省份部分地区的一部分区域,大致包括今天的与河南邻近的安徽北部、河北南部、山西南部、陕西东部及山东西部。这部分区域大致位于黄河中下游地区,是中国先民繁衍生息的最早发源地。项目调研的范围也大致在此区域,以河南为主,辐射周边五省。

河南省是一个有悠久历史文化传承的大省,也是一个有着悠久吟诵传承的大省，历史上蔡邕、蔡文姬、阮籍都是吟诵大师；竹林七贤曾经在新乡百泉留下吟诵的遗迹；李白、杜甫、高适也曾在开封的禹王台指点江山、吟啸风月，传为佳话；北宋汴梁，吟诗唱词更是盛极一时。作为中华文明发源地，河南具有丰厚的吟诵资源，吟诵之学在河南有着良好的发展基础。20世纪80年代，河南大学文学院教授华锺彦先生在国内首倡振兴吟诵，他不仅做了大量的田野调查，撰写了多篇学术论文，而且受中国唐代文学学会的委托，成立了有史以来第一个有关吟诵研究的学术组织——唐诗吟咏研究小组。河南大学文学院高文先生、宋景昌先生、王文金先生等都是当时该小组的成员。2008年，中华吟诵学会筹备会在北京成立。2009年，吟诵学会在京发起并主办了第一届"中华吟诵周"活动，时任国务委员马凯同志出席了闭幕式。2010年1月，学会正式成立，全名中国语文现代化学会吟诵分会，对外简称中华吟诵学会，河南大学文学院华锋教授（华锺彦先生之子）担任副理事长。2011年11月，吟诵学会在京发起并主办了第二届"中华吟诵周"活动，600余人参加了吟诵周活动，时任国务委员马凯同志出席了开幕式，国内众多媒体对两次吟诵周活动均做了报道，在海内外产生了巨大影响。2015年7月，第三届"中华吟诵周"在北京举行，时任中宣部副部长王世明到会祝贺并作重要讲话，从现实价值、发展现状、文化内涵、学习方法四个方面系统阐述了吟诵。2012年,河南省吟诵学会成立,成为全国第一家在民政部门备案的省级吟诵社团组织。近10年来,河南省吟诵学会以抢救、整理、传承、推广中原地区吟诵文化为己任,在吟诵资料整理、吟诵理论研究、吟诵教育推广方面做出持续努力,助推河南省华夏历史文明传承区建设。学会积极抢救、发掘中原地区优秀吟诵资源,采访会吟诵的老专家、老学者,建立吟诵资源库,开展吟诵理论研究,发表学术论文,举办吟诵展演,普及吟诵文化,在大中小学开展吟诵教育,收到良好效果。

二、吟诵的理论建构及价值

(一)吟诵之义

现代作家梁实秋在其《散文的朗诵》一文中,记载了他青年时期在美国的一次"吟诵"经历:

> 好多年前(1923年),我到美国科罗拉多去念书,当地有一位热爱中国的老太太,招待我们几个中国学生先到他的家里去落脚。晚饭过后,闲坐聊天,老太太开口了:"我好久没有听到中国人念诗了,我真喜欢听那种抑扬顿挫的声调,今晚你们哪一位读一首诗给我听。"她不懂中国语文,可是她很诚恳,情不可却,大家推我表演,我一时无奈,吟了一首贺知章的《回乡偶书》:"少小离家老大回,乡音无改鬓毛衰。儿童相见不相识,

笑问客从何处来。"她听了微笑摇头说:"不对,不对,这不是中国式的吟诗!"我当时就明白了,她是要我摇头晃脑,拉长了某几个字的尾音,时而"龙吟方泽,虎啸山丘",时而"余音绕梁,不绝如缕",总之是要靠声音的高下疾徐表达出一种意境。我于是按照我们传统的吟诗方式,并且稍微加以夸大,把这首诗再度朗诵一遍。老太太鼓掌不已,心领神会,好像得到很大满足的样子。我问她要不要解释一下诗中的含义,她说:"没关系,解释一下也好,不过我欣赏的是其中音乐的部分。"[4]450

梁实秋追述的这段往事,有一点值得我们认真思考,就是两次吟诗的区别,也即引文中第一遍"吟"《回乡偶书》与第二遍"靠声音的高下疾徐表达出一种意境"的读法的区别。我们从美国老太太的反应"鼓掌、心领神会、好像得到很大满足的样子",以及她说的话"我欣赏的是其中音乐的部分"中都能获得这样的信息:第二遍吟的反响更为强烈。而第二遍"我们传统的吟诗方式"就是自古有之的读书方法"吟诵"。

由此可以得出这样的论断:史籍记载是诗歌流传的文字形态,而吟诵读法是诗歌历经千百年不变的"活的形式"。

从发声学视角考溯中国古代诗歌的源流,可以发现,诗与乐是同源、同一的,如人之手心、手背。《尚书·舜典》

有云:"诗言志,歌永言,声依永,律和声。"[5]153《毛诗序》有云:"诗者,志之所之也。在心为志,发言为诗。情动于中而形于言,言之不足故嗟叹之,嗟叹之不足故咏歌之,咏歌之不足,不知手之舞之,足之蹈之也。"[6]254 这些记载足以证明"乐以诗为本,诗以声为用",诗乐同源,诗乐互为体用。

先秦时期,"吟"和"诵"多是作为单音节词出现的,这也符合上古时期普遍存在的单音词多复合词少的语言特点。比如"吟",《庄子·天运》"倚于槁梧而吟",《楚辞·渔父》"屈原既放,游于江潭,行吟泽畔"。比如"诵",《礼记·内则》"十有三年,学乐,诵诗",《论语·子罕》"子路终身诵之"。唐以后"吟诵"作为双音节词出现的次数还是很少的,甚至到了明清时期,所用的次数也不多。尽管是作为单音词出现,但"吟""诵"所表达的意义已与今天的"吟诵"大意相近,比如《周礼·春宫》"以乐语教国子:兴、道、讽、诵、言、语",郑玄注"以声节之曰诵"。段玉裁注"诵非直背文,又为吟咏以声节之"。这种解释与今天按平仄、音韵、节奏吟诵诗歌已非常接近。"吟诵"被收入词典则更晚。《现代汉语词典》(第4版)中,仅收入"吟咏"和"吟哦"两个意义与"吟诵"相近的词语,并没有收入"吟诵"。第一次收入"吟诵"的是《汉语大词典》,把"吟诵"释义为:泛指读书;谓有节奏地诵读诗文。《现代汉语大词典》(第五版)

正式收入"吟诵",释义为:吟咏诵读。

中国古代诗歌传授方式与今天大不相同。传统的诗歌教学方法重吟诵,辅以少量讲解,倡导的是"书读百遍,其义自见",先生按照吟诵的规律,带领学生朗声吟诵数遍,让学生自己去体味、发掘诗歌的内在情感和意蕴;今天的诗词讲授方法却是重讲解、轻读诵,教师按照现代汉语的语法规律,逐字逐句把古代文言诗词"翻译"给学生,然后再把大量的时间放在对诗词内容的讲解、艺术形式的分析上,向学生灌输诗歌的深刻内涵。随着清末科举制度的废止,私塾讲授方式失去了根基,再加上近代以来白话文的兴起、现代话剧的勃兴,传统吟诵逐渐式微,中国古典诗歌"声音的意义"逐渐湮没于历史洪流。复兴吟诵的责任重大,任务艰巨。

(二)吟诵之美

现代文史大家顾随曾在其回忆录中记载过这样一段话:

> 自吾始能言,先君子即于枕上口授唐人五言四句,令哦之以代儿歌。至七岁,从师读书已年余矣。会先妣归宁,先君子恐废吾读,靳不使从,每夜为讲授旧所成诵之诗一二章。一夕,理老杜《题诸葛武侯祠》诗,方曼声长吟"遗庙丹青落,空山草木长",案上灯光摇摇颤动者久之,乃挺起而为穗。吾忽觉居室墙宇俱化为无

有,而吾身乃在空山中草木莽苍里也。故乡为大平原,南北亘千余里,东西亦广数百里,其地则列御寇所谓"冀之南汉之阴,无陇断焉"者也。山也者,尔时在吾亦只于纸上识其字,画图中见其形而已。先君子见吾形神有异,诘其故,吾略通所感。先君子微笑,已而不语者久之,是夕遂竟罢讲归寝。[7]367

顾随先生记载的这段早年趣事生动地展现了一个懵懂学童初识诗词之美、吟诵之美的场景。为何一个从未见过山川的孩童能在一个特定的场景中看到山川相缪、郁郁苍苍的宏大景致,原因是他通过"曼声长吟"进入了诗歌描写的境界。中国古代诗文最重"言外之意",所谓"言外之意",指诗文的意象、典故、意境等。通过吟诵,才能把诗文的长短高低、轻重缓急这些声音的意义呈现出来,才能使读者和听者更为深切地理解诗文的"言外之意"。朱熹在《朱子语类》中直言:"学者读书,须要敛身正坐,缓视微吟,虚心涵泳,切己省察。"[8]179可以说,只有吟诵,才能使读者真正进入诗文,感受诗人的每一次心跳与心痛,更加深刻地体味,更加深入骨髓地记诵,这也正是中国传统诗词千年流转、绵延不绝的内在原因。

(三)吟诵之法

郭沫若先生曾说:"中国旧时对于诗歌本来有朗吟的方

法，那是接近于唱，也可以说是无乐谱的自由唱，但那唱法也有一定的规律可循。"[9]89 吟诵方法有传统吟诵与当代吟诵之分。传统吟诵与方言同生俱来，是"原生态"的吟诵，保持了吟诵最本初的声腔气韵。目前国内传统吟诵流派众多，各具特色，比如唐调、华调、湘调、福州陈派等。当代吟诵主要指普通话吟诵，首推首都师范大学徐健顺先生。徐先生集采众家之长，在传统吟诵的基础上，倡导并提出普通话吟诵的"一本九法"："一本"即"声韵含义"；"九法"即"入短韵长、虚实重长、平长仄短、平低仄高、依字行腔、依义行调、模进对称、腔音唱法、文读语音"。

"声韵含义"，即要把诗文的含义真实、完整、深刻地表达出来，这是吟诵之本，是吟诵读书法的目的和归宿。吟诵的时候，一定要运用声韵手段，传达诗文含义。

"入短韵长"，即入声字读短，韵字读长。入短韵长是所有汉诗文声音形式的普泛规则。哪些是古汉语中的入声字，可以查古汉语的入声字表。入声字是感情最为激烈的一类，常常表达急促、快速、决绝、痛苦等含义。在诗文中，当其他字音拖长尤其是韵字拖长的时候，入声字的短促就更显突出。押韵是汉诗最为突出的特征，韵字拖长能够表达较为舒缓、深沉之意，一般来讲，要结合诗文表达的主题或作者的情感体验。

"虚实重长"，即文赋的读法。在汉语体系中，字分实、虚、入,音分短、重、长。中国古代汉诗文,历来讲究长长短短、高高低低、轻轻重重、快快慢慢。实字和虚字,又各分平、重、长三种读法:平读就是平常地读;重读就是用力地读,实字的语法重音、逻辑重音要重读,虚字的副词一般也要重读;长读是比重读再加程度的读,实字的特别重音的字、尾字重读字等,要长读。对于虚字,一般语气词、代词和连词会长读。这样结合起来,一篇诗文就好像一套组合拳,长短、高低、轻重、快慢结合,气韵流动,连绵不绝。

"平长仄短",即平声字拖长,仄声字读短。这是吟诵在音长方面的要求,也是目前国内吟诵的普遍认同的规律。当然,平长仄短的规律仅限于格律诗文。"平长"一般适用于绝句或七言律诗的二、四、六字和句尾的韵字。当然,也会有例外,比如遇到韵字是仄声字,节奏如何处理呢?按照规则,韵字须拖长,但同时又是仄声字,须读短,目前学界的处理方法是:牺牲"仄短",服从拖长。我们认为这是不恰当的。合理的读法应该是:在仄声韵字之后加上休止符,略事停顿后再拖长。这样既兼顾了"平长仄短",又服从了韵字拖长的规则,实际读也能取得很好的声音效果。

"平低仄高",即平声字相对读低,仄声字相对读高。这一规则不是吟诵本身的规矩法度,而是因为在古汉语中,上古音和中古音都是平低仄高。在近体诗中,平低仄高运用广泛,而在古体诗的吟诵中,也可以不遵循这一规律。相对于

"平长仄短""平低仄高"的规则并非那么严格。

"依字行腔",即吟诵每个字时随着改字的声调上升或者下降,从而形成每个字的旋律。当吟出的字的旋律跟字音本身的声调走向不符时,就是"倒字"。当然,在方言吟诵中,同一个汉字的声调调值可能不同,也会出现差异。从本质上来讲,汉诗文吟诵的依字行腔,是字音声调与旋律的相对音高和音程走向相符合。

"依义行调",即依据读者对作品的个体理解与感受,自行组织句子的旋律。旋律能够反映作品的意义。"依字行腔"是每个字的吟读方法,"依义行调"则是每一句的吟读方法。因此可以得出,"依义行调"首先是建立在吟诵对象对作品的深刻理解的基础上的。

"模进对称",指的是一整首汉诗义的旋律规则,也可以称为"主旋律"。吟诵之美,主要体现为旋律的高低起伏、抑扬顿挫。古人是如何实现诗文吟诵的主旋律的呢?概括来讲,近体诗是"对称"规则,古体诗是"模进"规则。"对称"主要指吟咏诗文时,按照平仄格律构架整首诗文的旋律。比如平起的七律诗,每句的"二、四、六"字分别按照:低高低(平仄平)、高低高(仄平仄)、高低高(仄平仄)、低高低(平仄平)、低高低(平仄平)、高低高(仄平仄)、低高低(平仄平)。古体诗的吟诵不必遵守平仄要求,为追求吟诵的动听和谐,而是有其固定的几个高低不同的主旋律在同一篇诗文中组合使用，这就叫"模进"，这些主旋律叫"调"，调分"上调""中调""下调"，组合使用。

"文读语音"，纯正的传统吟诵是使用当地文读系统的读音，一般都是采用平水韵读音系统。"文读"就是按照古音来读诗文，与今天的白话读音相比，主要区别有两点：一是韵。按照今天普通话的读音系统，很多字词的读音与古音不同，比如"远上寒山石径斜"的"斜"普通话读"xie"而平水韵古音读作"xia"，如果不读"xia"，就无法实现押韵。二是入声字。与今天的白话文相比，很多字的读音声调是不一致的，比如看、禁、胜等，必须按古音吟诵。

"腔音唱法"，指的是音的高低、轻重、疾徐等不断变化，这是中国音乐体系的特征之一。腔音唱法与吟诵者自身对作品的情感体验有关，根据情感变化，该快就快，该慢就慢，该长就长，该短就短。从本质上讲，腔音唱法就是充分调动语音的音强、音高、音长来辅助表达情感。

"声韵含义"，即要把是诗文声韵的含义吟诵出来。吟诵即"长咏之"，字音会拖长，在拖长的过程中，字的声音意义被放大、加强、夸张，成为诗歌很重要的组成部分，我们说诗歌"脍炙人口"，主要是强调声音的意义。声音的意义与字面意义相结合，才组成汉诗文含义的全部。声韵含义有文体、格律、韵、入声字等。

"一本九法"吟诵法是较为系统的吟诵方法论，既有对于单字、词的规定,比如平长仄短、平高仄低,又有对诗文的整体性要求,比如模进对称、声韵含义等,是学习吟诵读书法的有效途径。

(四)吟诵之用

一是创作之用。吟诵源于中国诗乐传统,《文心雕龙》有云:"吟咏之间,吐纳珠玉之声。"[10]365 "先吟后录"的创作方式使得吟诵在诗文创作中的作用不可替代。唐代诗人贾岛曾与友人戏作:"一日不作诗,心源如废井。笔砚为辘轳,吟咏作縻绠。"[11]599 "縻绠"即井绳。这首诗以汲水比喻做诗,表现了诗人以写诗为乐、不可一日废离、苦吟不辍的情趣。其中可以看出,吟咏(吟诵)是感发诗兴的重要手段。清代曾国藩说:"先之以高声朗诵,以昌其气;继之以密咏恬吟,以玩其味。二者并进,使古人之声调拂拂然若与我之喉舌相习,则下笔为诗时,必有句调凑赴腕下。诗成自读之,亦自觉琅琅可诵,引出一种兴会来。古人云'新诗改罢自长吟',又云'煅诗未就且长吟',可见古人惨淡经营之时,亦纯在声调上下工夫。盖有字句之诗,人籁也;无字句之诗,天籁也。解此者,能使天籁、人籁凑泊而成,则于诗之道思过半矣。"[12]65 "唐调"是古文吟诵的重要流派,"唐调"的传承关系可以简要概括为"方苞—刘大櫆—姚鼐—梅曾亮—曾国藩—吴汝纶—唐文治",曾国藩是"唐调"的重要继承人之一,他对吟诵在创作诗文中的重要作用论述令人信服。

二是诵读之用。中华优秀经典诗文的魅力之一是"意在言外",这种魅力如果只是眼看或默读,是不能完全体会到的。宋代大儒朱熹总结的24字读书法:循序渐进、熟读精思、虚心涵泳、切己体察、着紧用力、须教有疑。其中,"虚心涵泳"就是放空心中杂念,认真吟咏诗词。吟诵的训练,能够使我们回归语言的觉知、回归生命的觉知,更加深刻地理解诗文的含义、内蕴,更加近距离地感受作者创作时的感受,引导我们回归诗歌生成的"声音现场"。

三是教育之用。吟诵是今天我们真正需要的"语文教育"。语文之为"语",旨在培养孩子们良好的母语感和儒雅的表达方式;语文之为"文",旨在引领孩子们登堂入室,让他们看到传统文化之光。叶圣陶先生曾指出:"吟诵的时候,对于讨究所得的不仅理智地了解,而且亲切地体会,不知不觉之间,内容与理法化为读者自己的东西了,这是最可贵的一种境界。学习语文学科,必须达到这种境界,才会终身受用不尽。"[13]447 在经典诗文的吟诵涵泳中,寓教于乐、娱乐于教,让他们养成清净真挚的性情和君子之风。

四是修身之用。吟诵是语言、文学和音乐的结合体。吟诵的修身之用,从思想体系上考虑,系于儒家传承。在通常的儒家教育场所——私塾、学馆等口传相授、代际相传。儒家以修身为本,学问、为官、经商、隐居均是为了修身,这是理解吟诵修身之用的前提。儒家提倡"兴于诗，立于礼，成于乐"，而实现"诗教""乐教"的重要途径就是吟诵。清代章学诚说："记诵者，学问之舟车也。"[14]548

"诗教"就是作诗、读诗，以此自我教育、自我提升；"乐教"就是个体化的吟诵。孔子时代，礼崩乐坏，孔子一生的理想就是恢复礼乐文化，其途径就是转化礼乐文化为个人吟诵，乐是修成彼岸的快乐，是纯粹人性的幸福，因此可以讲，吟诵承担了部分后世"乐教"的功能。

三、中原地区传统吟诵的调查与思考

吟诵文化的推广普及首先要准确掌握区域内受众对吟诵的认知、态度、基础、层次、需求等基本情况。因此，开展调查研究成为项目研究的基础和前提。在调查研究中原地区传统吟诵情况的过程中，我们使用定性与定量相结合的研究方法，主要偏向实证研究。首先是采访10位年龄在80岁以上的会吟诵的长者，其次是在中原各地随机抽样的500个人中投放调查问卷，对问卷反馈信息进行量化统计。调查采用纸质问卷和微信问卷相结合的方式，问卷发放时间为2020年7月1日至2020年8月31日，共发出问卷500份（纸质问卷250份、微信问卷250份），回收问卷464份（纸质问卷228份、微信问卷236份），问卷有效回收率为92.8%。最后根据统计分析数据进行定性总结，并得出相应的研究结论，

观察趋势，发现问题，最后针对存在问题提出相关的策略及建议。

（一）中原地区传统吟诵现状的实证分析

1. 关于对吟诵的认知

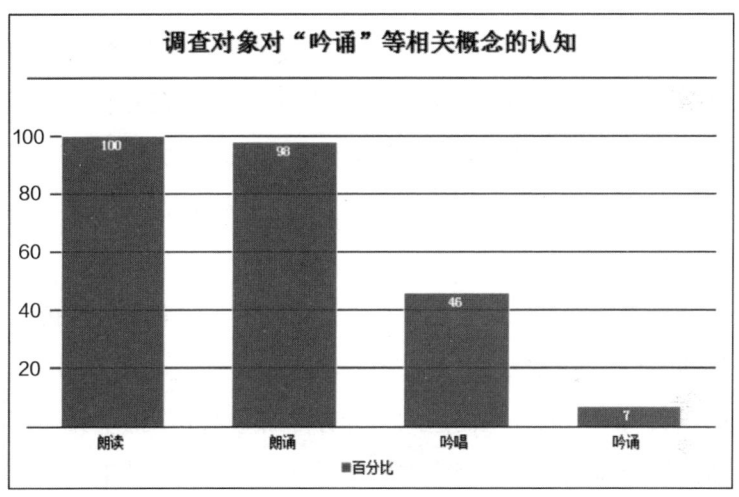

图1-1 调查对象对"吟诵"等相关概念的认知

由此可以看出，尽管自20世纪80年代以来，吟诵学者大力宣传、大声疾呼，中华吟诵学会、河南吟诵学会积极开展宣传、抢救吟诵资源，但社会大众对于吟诵的认知几乎仍是空白。普及推广吟诵文化任重而道远。

2. 关于对吟诵功能的理解

吟诵不仅仅是传统的读书方法，它还是创作方法、教育方法、修身方法等，是汉诗文的意义承载方式和传承方式。

吟诵首先是汉诗文的主要创作方式。从先秦开始，中国人"作诗"的主要方式就是"先吟后录"。鲁迅先生诗云"吟罢低眉无写处"，这与今天诗人们作诗的方式大有不同。创作方式的不同，直接决定了作品意义呈现方式的不同。相较于今天作家或诗人在纸上或电脑上涂涂改改，"先吟后录"的创作方式更能表达作者的内心情感，正如《毛诗序》云："诗者，志之所之也。在心为志，发言为诗。"在有效问卷调查中，选择"吟诵是汉诗文创作方式"的比例为23%。

吟诵又是汉诗文传统的诵读方式。中国古代汉诗文与西方文学相比，最讲"言外之意"，而"言外之意"的呈现方式就是通过意象、典故、音义表达出来的，只有通过抑扬顿挫的吟诵，才能把诗文的长短、轻重、缓急、高低这些声音的意义展示出来，从而达到"言有尽而意无穷"的境界。当然，用吟诵这个词来指称古代的诵读方式是后来的事情。在有效问卷调查中，选择"吟诵是汉诗文传统的诵读方式"的比例为81%。

吟诵还是古代教育的教学方法。在我们采录的10位80岁以上的老先生中，很多是既上过私塾又上过新学堂的。他们认为，新学堂老师们教授的东西，写的满黑板的字，他们全忘了。但是，私塾先生的吟诵他们永远记得，不但记得调子，而且连先生的神态、表情、动作都记得。仅此一点，说明我们的传统教育也有自己的优势。吟诵更接近于唱，唱更容易记忆,而且这种唱是含有丰富的情感信息和体验的,是审美的、快乐的,当然记得清、记得牢。在有效问卷调查中,选择"吟诵是古代汉诗文的教育教学方法"的比例为65%。

吟诵还是儒家的修身方法。中国传统儒学讲究"修身治国平天下",其中修身是基础和前提。修身不是一句空话,而是有方法、有次第的,其中,吟诵就是实现修身的重要方法之一。吟诵是如何实现修身的呢?主要有两种途径,即诗教和乐教。子曰:"兴于诗,立于礼,成于乐。"这就是儒家三教,是孔子倡导的教育次序。诗教和乐教的核心就是吟诵,吟诵整合了儒学精神,以乐的形式传习雅言之道,养成君子之风。在有效问卷调查中,选择"吟诵是儒家的修身方式"的比例为42%。

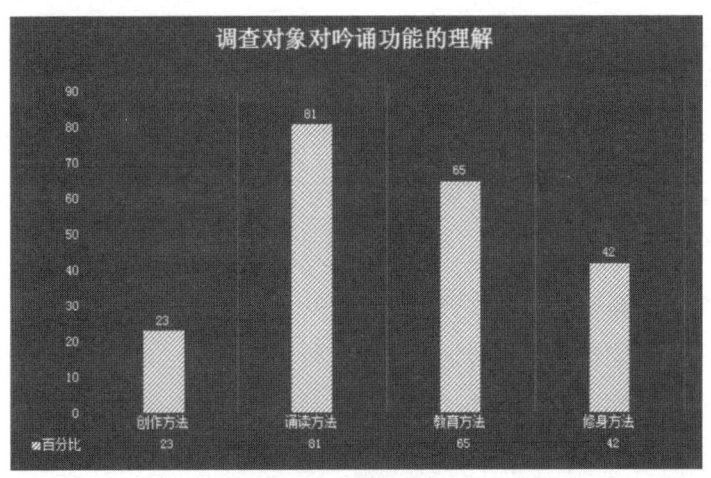

图1-2 调查对象对吟诵功能的理解

对于吟诵功能的认知直接决定了人们对待吟诵的重视程度。从下表中可以看出，认为吟诵是传统诵读方式的人最多，占到了81%，选择吟诵是创作方式、教育方式、修身方式的人较少，均未超过50%，这就说明，对于吟诵功能的理论研究和宣传普及仍要加强。

3.关于了解吟诵的渠道

2010年，中华吟诵学会成立，相继开展了三次"中华吟诵周"活动，中国及日本、韩国、英国、美国等国的吟诵学者和吟诵爱好者齐聚北京，共襄盛举。国家相关领导马凯、王世明出席。应该讲，吟诵得到了快速普及与发展。就河南而言，河南省吟诵学会2012年在新乡百泉成立，近10年来，学会自觉承担华夏历史文明传承创新使命，在吟诵资源抢救整理、吟诵理论研究、吟诵推广普及等方面持续努力，各项工作都取得了丰硕成果：学会组织、参加大型会议和活动，持续加强吟诵理论研究，出版《吟咏学概论》《走进格律诗殿堂：格律诗创作与吟咏》《基础吟诵75首》《诗经诠译》等著作，广泛开展各类吟诵展演活动，举办了全国首届华调吟诵联谊研讨会，申报了开封市第五批市级非物质文化遗产项目，吟诵的社会影响力不断扩大。在调查过程中，被调查对象选择了解吟诵的渠道"传统媒体（电视、广播、报纸）""网络媒体（微博、微信、APP）""学会培训或吟诵展演活动""其他途径"的比例分别为23%、51%、19%、7%。

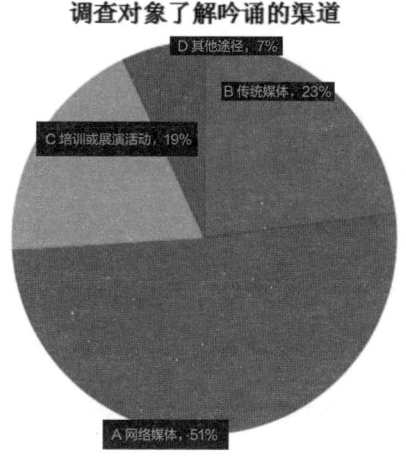

图1-3 调查对象了解吟诵的渠道

由此可以看出,网络新媒体成为普及传播吟诵文化的重要平台,学会培训和吟诵活动展演需要进一步加强。

4.关于河南省吟诵文化衰落的原因

文化发展嬗变有其自身特定的规律。吟诵的发展演变历程与中国古代汉诗文发展轨迹高度一致,起于先秦,发展于秦汉魏晋,在唐宋时期达到高峰,元明清时期吟诵领域得以进一步拓展。近代以降,因人为原因逐渐衰落、式微近百年,20世纪80年代以来,随着国学研究的兴起,吟诵重新焕发出生机。河南地区的吟诵发展历史与全国范围内的吟诵嬗变规律相似。探求吟诵衰落的原因也是这次调研的一项重要内容,在我们的调查采录过程中,对于吟诵自20世纪初以来衰落的原因,10位80岁以上的吟诵老专家、老先生无一例外认为是"有关文化政策的影响",464份有效问卷调查显示:92%的人选择了"有关文化政策的影响";4%的人选择了"时代发展社会进步自然淘汰的结果";2%的人选择了"吟诵自身发展嬗变规律使然";剩余2%的人选择了"其他原因"。选择"其他原因"的调查对象大都填写了如"传统文化衰落的结果""政治因素影响""西方文化影响""人为原因"等。

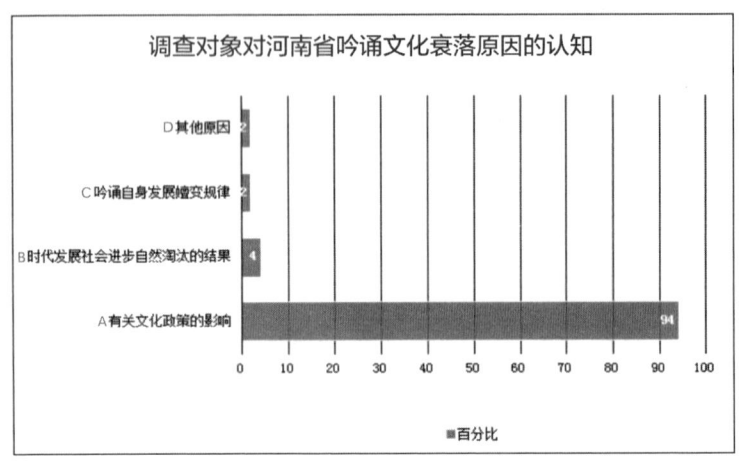

图1-4 调查对象对河南省吟诵文化衰落原因的认知

由此可见,对于吟诵文化近代以来衰落的原因,认为"非自身规律淘汰而属人为割裂"的占了绝大多数。这就充分说明,吟诵文化濒临灭绝绝不是吟诵自身的问题,而是外在因素使然。

5.关于吟诵文化推广普及的建议

复兴吟诵是一项长期的系统性工程。虽然目前吟诵引起了政府部门的重视，也在一定范围内有了一定的群众基础，但推广普及吟诵仍然困难重重。首先是吟诵理论研究水平需要进一步提升，为普及推广吟诵文化提供理论指导。目前，学界对于吟诵的理论研究尚未达成一致性意见，方言吟诵与普通吟诵共存；吟诵规则法度仅就"平长仄短""声情并茂"等基本规则形成共识，尚未形成完成的体系。其次是吟诵资源面临衰亡，会吟诵的人越来越少，必须抓紧时间抢救吟诵资源，建立吟诵资源数据库，让这些雅言之音保留下来，为后世研究提供宝贵资料。最后是吟诵的社会认同度低，依然属于"小众"行为。尽管全国各地、全省各地部分中小学开展了吟诵课程的尝试，但多属于尝试类的实验行为，距离真正纳入教育体系还有很长的路要走。社会大众对于吟诵的认同度、亲和度亟待提升。在我们的调查中，认为"吟诵教育非常重要，教育行政主管部门应该出台相关政策使吟诵重返教育体系"的比例仅为46%。

综上，虽然中原地区尤其是河南吟诵文化历史悠久、吟诵资源丰厚，但由于受到政治、历史、文化变革的影响，目前中原地区传统吟诵的现状不容乐观。

（二）复兴河南吟诵文化的对策建议

基于以上调研分析，复兴中原传统吟诵文化，需要着力做好以下几个方面的工作。

一是抢救、发掘、整理中原吟诵文化资源的任务重大而迫切。中原地区是中华文明发祥地，更是吟诵资源大省，不仅有大量相关典籍，而且有许多尚在世的懂得吟诵的老先生，急需进行采录、整理、研究，保护这一行将消亡的文化遗产。

二是吟诵文化的社会普及任重而道远。现在大部分的年轻人不会吟诵甚至不知道吟诵，更有甚者，依然保持"吟诵是旧时代的产物、是腐朽的东西"的观念，对吟诵排斥，没有真正理解吟诵的当代价值。

三是必须积极开展吟诵理论研究。当前，吟诵理论研究的难点是普通话吟诵与方言吟诵并行，方言吟诵囿于区域范围难以大范围推广；而普通话吟诵同样遭遇难题，即普通话中没有古汉语的入声字，对于这一问题的处理众说纷纭、尚无定论，直接影响吟诵传承。

四是必须积极开展吟诵展演活动。可以利用电视台、电台、报纸等传统媒体进行宣传，也可以通过网络新媒体如微博、微信进行宣传。可以率先在大中专学校和中小学开展展演培训，节目成熟后可参加各种比赛。

五是恢复和发展吟诵必须力促其重回教育体系。吟诵归根到底是一种教育教学方法。吟诵教学方法的优势在于情感体验、寓教于乐。建议教育行政主管部门组织师范类中小学语文教师参加中华吟诵学会或河南省吟诵学会举办的吟诵培训班，提升语文老师的吟诵水平；组织专家、学者编写吟诵教材，制定教学大纲，开展吟诵试点教学；结合教育部"经典诵读"活动，开展形式多样的吟诵展演，激发学生兴趣；等等。尤其要注意的是，吟诵教育开展年龄段越低越好，因为在儿童阶段，由于没有受到现代白话文朗读等规则法度的影响，接受吟诵这种"新事物"的能力反而越强，效果越好。

在中央文明办、国家语委、教育部的支持下，中华吟诵学会已经开展了三届"中华吟诵周"活动。在复兴中华优秀传统文化成果的征程中，吟诵以其自身之义、美、法、用的内在魅力吸引着越来越多的人。吟咏诗词，诵读文赋，传习雅言之道，养成君子之风，继往圣之绝学，留中华之斯文。乐何如也，幸甚至哉。吟诵不绝，斯文永存！

注释：

［1］中华经典名著全本全注全译丛书：庄子 [M]. 方勇，译注. 北京：中华书局，2015.

［2］华锋，边家珍，乘舟. 诗经诠译 [M]. 郑州：大象出版社，2012.

［3］燕梓. 书信写作鉴赏辞典 [M]. 北京：中国国际广播出版社，1998.

［4］梁实秋. 只生欢喜 [M]. 北京：现代出版社，2021.

［5］孔安国. 尚书正义 [M]. 孔颖达，正义. 上海：上海古籍出

版社，2008.

［6］毛诗正义[M].孔颖达，等正义.上海：上海古籍出版社，2008.

［7］顾随.顾随文集[M].上海：上海古籍出版社，1986.

［8］黎靖德.朱子语类[M].北京：中华书局，1986.

［9］洪深.戏的念词与诗的朗诵[M].北京：中华书局，1950.

［10］增订文心雕龙校注[M].黄叔琳，注.北京：中华书局，2012.

［11］彭定求，等.全唐诗：571卷[M].北京：中华书局，2014.

［12］成晓军，唐兆梅.曾国藩家训[M].重庆：重庆出版社，2006.

［13］叶圣陶，朱自清.精读指导举隅[M].北京：中华书局，2009.

［14］刘梦溪.中国现代学术经典·钱基博卷[M].石家庄：河北教育出版社，1996.

格律诗吟诵教学方法探析

从根源上讲，诗词兴发感动的力量来自吟诵。就像学习书法首先要临帖一样，学习古诗用古人的方法是回归诗词本身的最佳途径。吟诵学习首先要掌握诗词格律。学习诗词格律首先要迈过的第一道门槛、第一大难点就是格律和记忆格律的规范。

一、格律诗律谱的记忆方法

什么是格律？汉语是有声调的语言。古代汉语分平、上、去、入四种声调，天然具有很强的音乐性和诗性。古人把汉语言文字按声调的抑扬顿挫作有规律的排列组合，南北朝以后逐步形成了传统的格律诗。这种诗体把汉语的平上去入四种声调区分为平和仄两种类型，规定所有平声调的字，概念上即为"平"；其他上去入三种声调的字，概念上称为"仄"。区分了汉语中的平仄后，按照声韵和谐的规律进行排列组合，组合出来的具体形式就是格律。其呈现出的具体面貌就是我们所熟知的由"仄仄平平仄，平平仄仄平"一类律句组合起来的律谱。按照律谱规范吟成的诗就是格律诗。因此，记忆律谱不仅对我们创作格律诗至关重要，而且和学习格律诗的吟诵直接相关。

按照格律诗的规范，它的律谱能够组成四种律式。四种律式初看不算多，但五言诗、七言诗，由于字数不同，字音平仄的排列也不相同，这样两者相加就变成了八种律式。各律式由律句组成，绝句每首四句，共有三十二个律句；律诗每首八句，共有六十四个律句。这么多区分度不大的句式，如果没有诀窍，确实不易分辨和记忆。

　　过去的律谱记忆方法主要有两种。传统的方法就是靠死记硬背，而当代课堂上的教学方法大多用大小写的英文字母标示句式以区分律句，构成律联。这后一种方法的优点是一看就明白，讲解时也比较容易。缺点是律联不是最小单位，组合、概括律式全貌有诸多不便。另外，当我们在记忆和口头表达时，英文字母的大小写发音相同，听和说都易发生混淆，带入纷繁的句式中更加不易区分。所以听讲时似乎明白，记忆和使用时，却受到"记不住"和"用不上"的困扰，其结果必然影响我们的学习效率。

　　因此在教学实践中，我们创新了记忆准确、定位明晰的歌诀教学法，目的在于解决这一问题，其方法是为每一个基本句式单独命名，使其具有分辨时的单一性和组合时的准确性，使我们可以在很短的时间内记住格律，且准确写出律谱。解决长期困扰格律诗学习第一步的基本问题。

　　歌诀分为两部分，前半部解决四种基本句式的准确定位；后半部准确写出或背出律谱。

关于基本句式，我们的歌诀是：

平仄句式有四种，暂定甲乙和丙丁。

五七言律有变异，五言格律先粗通。

仄起仄收定为甲，仄起平收唤作丁。

平起平收叫它乙，平起仄收是为丙。

四种句式必牢记，然后才好辨律型。

这里有三个要点。一是把在记忆时容易混淆的标示律联的英文字母改换成标示律句的甲乙丙丁，以便于记忆时区分句型。回到律句的方法，使律式组合更具有灵活性。二是具体定位四种基本句式。甲式句的特点是仄起仄收，写出来就是"仄仄平平仄"；乙式句是平起平收，写出来就是"平平仄仄平"；丙式句是平起仄收，写出来就是"平平平仄仄"；丁式句是仄起平收，写出来就是"仄仄仄平平"。三是强调四种句式必须牢记，烂熟于心。有了第二点即定位基本句式做基础，第一点即区分和记诵基本句式，在诗词创作实践中也会产生如虎生翼的功效。

接下来的歌诀是学习的重点。

甲式律，甲列先，甲乙丙丁排两遍。

乙式律，乙打头，乙丁甲乙上半首，

丙丁甲乙随其后。丙式律，丙为先，

丙丁甲乙排两遍。丁式律，在最后，

丁乙丙丁上半首，甲乙丙丁把阵收。

这段歌诀告诉我们,与前边所讲基本句式一样,五言律诗只有四种律式。只要我们熟记了前边的四种基本句式,按照甲乙丙丁四句式打头分别组合成四种律型,我们就可以很规律地记住格律的各种排列组合。

怎样排列组织呢?歌诀告诉我们:五言律诗的甲式格律的第一句是甲式句,它的组合规律是按照基本律句的排序重复一遍就完成了。这就叫"甲式律,甲列先,甲乙丙丁排两遍"。五言格律诗中律诗为八句,所以把基本句式重复一遍。绝句只有四句,按基本句式的顺序创作就行了。为什么是这样排列,它的依据是什么?我们说,格律诗的序排是有规范的,格律诗只能排出四种律式,这是由它的"黏对规则"所决定的。这一点我们讲完乙式律就一目了然了。

仄仄平平仄(甲)

平平仄仄平(乙)

平平平仄仄(丙)

仄仄仄平平(丁)

仄仄平平仄(甲)

平平仄仄平(乙)

平平平仄仄(丙)

仄仄仄平平(丁)

乙式律诗的道理和前边相同,其顺序是:"乙式律,乙打头,乙丁甲乙上半首,丙丁甲乙随其后。"我们按照这个规律就能写出乙式律的律谱。

平平仄仄平（乙）

仄仄仄平平（丁）

仄仄平平仄（甲）

平平仄仄平（乙）

平平平仄仄（丙）

仄仄仄平平（丁）

仄仄平平仄（甲）

平平仄仄平（乙）

学到这里，又一个问题出来了：为什么乙式律不能像甲式律那样也重复一遍完事呢？那样不是更简单吗？我们之所以说不行，是由格律诗的"黏对规则"所决定的。

什么叫"黏对规则"？黏对规则说的是格律诗体裁上结句成律的两种规范：一是对句相对，二是邻句相黏。格律诗中，上下两句为一联，两联构成绝句，四联构成律诗，长律则至少五联。一联之中，上句称为出句，下句叫作对句。"对句相对"规则要求每联中的出句和对句平仄相反，"对"就是相反的意思。而"邻句相黏"讲的是上下两联连接的规范。两联共四句，上联的第二句——对句，下联的第一句——出句是相邻关系，"邻句相黏"规则要求相邻的这两句必须符合"黏"的规范。所谓"黏"就是上下两联的相邻句必须在五言的二、四字，七言的二、四、六字保持邻句的平仄相同，但句式不能简单重复。这种邻句的平仄相同,术语称作"相黏"。有了"黏对规则",在本联和邻联关系的处理上不仅有了规则,而且形成了一同一异,相反相成结合的节奏美。

　　用这种规范来检验,甲式律四联排列完全符合一对一黏、一异一同,又不是简单重复的要求。而乙式律如果排两遍,形成"乙丁甲乙乙丁甲乙"的格局,就会出现四五句两个乙式句的简单重复,不合规范。所以下半首头一句改用丙式句,则既维护了"邻句相黏"的黏对律,又避免了简单重复。

　　我们来看丙式律。丙式律的口诀是"丙丁甲乙排两遍"。写出来就是:丙丁甲乙丙丁甲乙。第四句"平平仄仄平"和第五句"平平平仄仄",两句式的二、四两字平仄相同,又不简单重复,且句尾平仄相异。所以存在着顺排两遍的可能性。

　　平平平仄仄（丙）

　　仄仄仄平平（丁）

　　仄仄平平仄（甲）

　　平平仄仄平（乙）

　　平平平仄仄（丙）

　　仄仄仄平平（丁）

　　仄仄平平仄（甲）

　　平平仄仄平（乙）

丁式律又稍有不同。先看丁式律的口诀："丁乙丙丁上半首，甲乙丙丁把阵收。"句式的排序是"丁乙丙丁甲乙丙丁"。第四句"仄仄仄平平"和第五句"仄仄平平仄"二四相黏，末字相对，这就是同中有异。

仄仄仄平平（丁）

平平仄仄平（乙）

平平平仄仄（丙）

仄仄仄平平（丁）

仄仄平平仄（甲）

平平仄仄平（乙）

平平平仄仄（丙）

仄仄仄平平（丁）

中国文化审美观追求的就是同中有异、异中有同。格律诗典型地体现了这一特点。十句歌诀在我们的脑子里准确地定位了五言格律诗四种律式中每一个句式的具体位置。而记忆背诵时，可以进一步精减为三十二个字。甲式律八个字："甲乙丙丁甲乙丙丁。"乙式律八个字："乙丁甲乙丙丁甲乙。"丙式律八个字："丙丁甲乙丙丁甲乙。"丁式律八个字："丁乙丙丁甲乙丙丁。"

五律的四种律式的记忆口诀：

甲式律：甲乙丙丁甲乙丙丁。

乙式律：乙丁甲乙丙丁甲乙。

丙式律：丙丁甲乙丙丁甲乙。

丁式律：丁乙丙丁甲乙丙丁

这是律谱记忆的捷径。记住了律诗，绝句的格律也就记住了。绝句每首四句，只是律诗长度的一半，也是四种律式，名称和律诗相同，内容是各律式的前四句，共十六个字：甲式绝句：甲乙丙丁；乙式绝句：乙丁甲乙；丙式绝句：丙丁甲乙；丁式绝句：丁乙丙丁。

五绝的四种律式的记忆口诀：

甲式律：甲乙丙丁。

乙式律：乙丁甲乙。

丙式律：丙丁甲乙。

丁式律：丁乙丙丁。

二、格律诗律的记忆方法

对五言格律诗的相关知识理解之后，七言的问题解决起来就有了基础。因为二者之间的问题是从句式变化引起的。先看歌诀：

句式变，莫慌张，二者关系细考量。

五言律诗成熟早，七言实为句拉长。

每句所加在前面，五言句式理不变。

利用五言定好位，提高效率省时间。

八句歌诀提示我们，五言和七言的发展有内在联系。春秋战国及其以前的诗经时代，诗歌以四言为经典，汉以后文人开始大量创作五言，与此同时，七言在民间日益广泛流行。汉代到南北朝声律的探索是以五言为主的声律探索运动。到齐永明年间由沈约、周颙等人创造了五言"新体格律"。唐代初年沈佺期、宋之问等人将其进一步规范为近体格律诗。五言诗相对成熟后，七言诗也开始走入文人法眼。这种演变的性质就是"五言律诗成熟早"，七言律诗在格律化的过程中，有一个把五言格律改造成为七言的过程，所以说"七言实为句拉长"。它的诀窍在于"每句所加在前面，五言句式理不变"。这是提示我们，歌诀提供了一种删繁就简的思路。本来五言和七言每个句子字数都不同，平仄声律因字数发生变化而呈现出不同样式，极易对原有记忆造成干扰。我们只有从变化中把握它的不变，借助已有知识帮助记忆，化消极为积极因素，不让它干扰我们。七言的变化其实很有规律，就是在五言甲乙丙丁四个基本句式的前边各加两个字而已。既然和五言有这样一种内在关系，我们就可以利用五言既有知识，帮助定位。所以，歌诀接着说：

　　四种句式字数变，律式仍与五律同。
　　甲式律，甲列先，甲乙丙丁排两遍。
　　乙式律，乙打头，乙丁甲乙上半首，
　　丙丁甲乙随其后。丙式律，丙为先，
　　丙丁甲乙排两遍。丁式律，在最后，

丁乙丙丁上半首，甲乙丙丁把阵收。

请看五言基本句式和七言基本句式的比较。

五言基本句式：

仄仄平平仄（甲）

平平仄仄平（乙）

平平平仄仄（丙）

仄仄仄平平（丁）

七言基本句式：

平平仄仄平平仄（甲）

仄仄平平仄仄平（乙）

仄仄平平平仄仄（丙）

平平仄仄仄平平（丁）

通过比较可知，每个七言句式中都含有一个五言律句，位置都在七言的中后部。也就是说，所有句式的加字和变化都在前面，非常规律，没有例外。这样我们就可以利用五言的既得知识记忆七言。方法还是一样，首先记住基本句式：

平平仄仄平平仄（甲）

仄仄平平仄仄平（乙）

仄仄平平平仄仄（丙）

平平仄仄仄平平（丁）

其余排列的方法和五言相同。四个基本句式只要不出错，按三十二字口诀的顺序，写出的律谱就不会出错。

1.七言甲式律

与五言的口诀相同:"甲式律,甲列先,甲乙丙丁排两遍。"按照口诀写出的律谱如下:

平平仄仄平平仄(甲)

仄仄平平仄仄平(乙)

仄仄平平平仄仄(丙)

平平仄仄仄平平(丁)

平平仄仄平平仄(甲)

仄仄平平仄仄平(乙)

仄仄平平平仄仄(丙)

平平仄仄仄平平(丁)

2.七言乙式律

口诀是:"乙式律,乙打头,乙丁甲乙上半首,丙丁甲乙随其后。"七律乙式句"仄仄平平仄仄平"是五言乙式句"平平仄仄平"的延展。首句乙式句定好位,根据"乙丁甲乙丙丁甲乙"的口诀写出律谱如下:

仄仄平平仄仄平(乙)

平平仄仄仄平平(丁)

平平仄仄平平仄(甲)

仄仄平平仄仄平(乙)

仄仄平平平仄仄(丙)

平平仄仄仄平平(丁)

平平仄仄平平仄（甲）

仄仄平平仄仄平（乙）

3. 七言丙式律

口诀是："丙式律，丙为先，丙丁甲乙排两遍。"我们先把七言丙式句定好位，依口诀顺序可写出律谱如下：

仄仄平平平仄仄（丙）

平平仄仄仄平平（丁）

平平仄仄平平仄（甲）

仄仄平平仄仄平（乙）

仄仄平平平仄仄（丙）

平平仄仄仄平平（丁）

平平仄仄平平仄（甲）

仄仄平平仄仄平（乙）

4. 七言丙式律

口诀是："丁式律，在最后，丁乙丙丁上半首，甲乙丙丁把阵收。"先把丁式句定好位，可以写出律谱如下：

平平仄仄仄平平（丁）

仄仄平平仄仄平（乙）

仄仄平平平仄仄（丙）

平平仄仄仄平平（丁）

平平仄仄平平仄（甲）

仄仄平平仄仄平（乙）

仄仄平平平仄仄（丙）

平平仄仄仄平平（丁）

同五言一样，绝句这种格律诗样式也是四种律式，只是每种律式的内容只是律诗的一半。其内容照例是各律式的前四句，一共十六个字。甲式绝：甲乙丙丁；乙式绝：乙丁甲乙；丙式绝：丙丁甲乙；丁式绝：丁乙丙丁。可见格律诗的规律性很强，把握了这种规律，就比较容易掌握。

三、吟诵学习方法

记忆律谱是为了创作和鉴赏格律诗。当代诗人习惯于用纸笔写诗，记住了律谱就可以尝试着写，但古人创作和当代人不同，古人用口创作，他们的方法是先吟后录，利用吟咏的方法把诗吟出来，吟咏而后用笔记录下来。因此，要真正了解格律诗创作必须懂得吟诵。

吟诵是古代文人传统的读书方法，同时，也是汉诗文的重要创作方法。因此，当我们通过学习掌握了格律诗的平仄要求之后，必须了解吟诵，才能懂得古人是怎样创作和怎样读书的，同时，掌握了吟诵也就为我们的创作提供了一种有效的工具和方法。

吟诵是汉诗文的声音载体。自先秦以来，在官学和私塾教育体系中，吟诵作为基本的读书方法，口传心授，代代相传，只是到了清末民初，因为现代教育体系建立而中止，逐渐退出历史舞台，由于读过私塾会吟诵的人至今还在，所以它的呈现样式一直流传至今。从创作方法角度讲，汉语诗歌大多是先吟诵后记录再流传的。例如《红楼梦》第 18 回、38 回、40 回都有关于宝玉、黛玉等人先吟成诗歌然后写在纸上记录下来的故事。鲁迅在《为了忘却的记念》中追记他一首诗的创作时也提到先吟后录的过程：忍看朋辈成新鬼，怒向刀丛觅小诗。吟罢低眉无写处，月光如水照缁衣。可见过去的诗歌创作重"吟"，吟诵是传统诗文的创作方法。

各地的吟诵技巧与方法不尽相同，各有遵循，但万变不离其宗，其中的规律性是显而易见的。这些规律首都师范大学徐健顺先生把它总结为"一本九法"。所谓"一本"即指吟诵以"声韵含义"为本。吟诵之本，即吟诵的目的、归宿，是把诗文的含义真实、完整、深刻地传达出来。吟诵，尤其要运用声韵手段，传达声韵含义。"九法"在此仅就其中的腔音唱法、依字行腔、依义行调、平长仄短、平低仄高、文读语言作进一步的说明。

1. 腔音唱法

吟诵是带有音乐性的读书和创作方法，有近于歌唱的方法要求。这种民间吟诵的近于歌唱的发音方法，我们称作"腔音唱法"。

所谓"腔音"是通过口腔气息振动发声的歌唱方法，是中国音乐的传统特征，与西方音乐体系很不相同。腔音唱法讲究音高、音强、音质、音长四元素的不断变化，字正腔圆。吟诵和传统戏曲、曲艺都采用这种唱法。它要求学会控制音量、掌握变化，声断意连、传情达意，同时音高起伏随情感起伏而变化。例如陈少松先生吟诵的《早发白帝城》抑扬顿挫，咬字清晰，吟咏投入。千里江陵十分传情，"还"字声断意连。腔音唱法讲究气沉丹田，吐字精准，随诗文的声调行腔吟咏。

2. 依字行腔、依义行调

吟诵的腔音唱法讲究依字行腔、依义行调。所谓"依字行腔"，是说吟诵要求按照字音的声调来决定旋律曲调，不能倒字。所谓"倒字"，就是听起来这个字的声调与它本来的声调不一致，不像那个字了。举一个例子，《三大纪律八项注意歌》是一首军歌，是根据外国的乐曲改编的，因为套用了别人现成的曲子，所以出现了倒字。比如军歌中有"公买公卖，不许逞霸道"，"买"和"卖"一个上声，一个去声，按照依字行腔的要求，应该根据声音的不同进行不同曲谱的处理。但这首歌用了"636323261"处理，所以听起来怎么分辨都是"滚开滚开不许逞霸道"。吟诵要求把诗文字句的平仄、风神表现出来，不能倒字，以免影响声韵之美和字义的理解。所谓"依义行调"，是指根据诗文含义来安排曲调起伏，以便于理解和传情达意。依义行调的"义"，既指字义、音义，又指文化含义。依字行腔、依义行调的规则是诗文与曲调二者关系间的规则。

腔音唱法和依字行腔、依义行调是吟诵对唱法和旋律走向的基本要求。至于旋律的起伏与乐音的长短则有另外要求。

3.平长仄短、平低仄高

古人吟诵格律诗追求声律和谐感人，这是汉语言自身的特点决定的。前边已经提到，古汉语分平上去入四声。作诗依据的韵书中的上平声和下平声，三十韵中的韵字都是平声字；其他的上、去、入三声的韵字都是仄声。讲究声律就是讲究区分诗文声调的平声和仄声，并把它们按照规范排列组合。有了这个基础，才能保证吟诵时把诗文的长短和抑扬顿挫读出来。这一过程的基本方法就是平长仄短。

所谓平长仄短，顾名思义就是平声字要吟得长，上、去、入三声的仄声字要读得短。这是一个基本表述或称标准表述。而在吟诵的具体实践中，二者还须具体地变通掌握。

平长仄短具体怎么掌握呢？我们知道，无论是五言还是七言格律诗的律句一般是按两个平声、仄声字交替序排，其中也有三个同声字三、二交替序排的现象。例如"仄仄平平仄，平平仄仄平"是以两个同声调字交替序排为主，而"平平平仄仄，仄仄仄平平"则是三、二交替结构。吟诵时，泛泛地讲是平声长吟、仄声短吟。但实际上，两个或三个一组的平声字吟诵时长短也是有变化的。平长仄短的关键在于，五言的第二、四两字，七言的第二、四、六三个字要长吟。例如"朝辞"两个平声字，"辞"要长吟，"朝"字按中长处理。另外，每句句末押韵的韵字要拖长，而仄声字，尤其是入声字不能拖长。这是九法之一的"入短韵长"概念。例如：

朝辞——白帝彩云——间——
千里江陵——一日还——
两岸猿声——啼不住——
轻舟——已过万重——山

功盖三分——国
名成——八阵图——
江流——石不转——
遗恨失吞——吴——

这两首诗代表两种基本的吟诵节奏。《早发白帝城》是"二四四二"式，《八阵图》是"四二二四"式。两首诗的句尾韵字都长吟，每句句中都有至少一个长吟的地方。前者四句的长吟处留在"二四四二"；后一首四句的长吟处在"四二二四"。

4. 文读语言

当代人的诗朗诵是按照普通话的声、韵、调来表情达意的。但是，从吟诵古诗文的角度看，普通话的发音不能够解决所有格律诗的字音诵读问题。在吟诵中，部分字音需要文读才能符合格律诗的基本要求，这是因为文读是在当时历史条件下形成的吟诵传统。

那么，什么叫"文读"？文读是相对于方言而言的古代官话。古代的官话称"雅言"。《论语》讲"《诗》、《书》、执礼，皆雅言也。"各地有各地的方言，为了便于交流与学习，我们共尊古代官话，从而形成文读传统。格律诗文读有几种情况。一是韵字要求押"平水韵"。"平水韵"是在南宋时礼部颁布的《礼部韵略》的基础上改造而来的，是历代科举考试的标准音。二是为符合声律的平仄要求，部分字要文读，即按照当时的官话声调来读。比如"秋思"的"思"读四声，"遥看瀑布"的"看"读一声，"高处不胜寒"的"胜"读一声等。这些读音往往与平仄格律有关，按现代读音吟就错乱了格律，丢失了韵味。例如毛主席《七律·回韶山》"为有牺牲多壮志，敢教日月换新天。喜看稻菽千重浪，遍地英雄下夕烟"中的"教"字读一声阴平而不读去声，"看"阴平而不读去声，这样读才符合格律诗的要求。这就是文读方法的价值所在。

四、吟诵与格律诗创作

格律诗的律谱是格律诗声韵抽象规范的表达形式，而吟诵使包括声韵在内的格律规范具体化了。比如，有了平长仄短、入短韵长、平低仄高等一系列的规范，虽然各地语言不同，发音各异，但吟诵的声韵系统、平仄规律等形式上的特征通过规律的节奏、长短、调值高低得以显现。这样，诗的声韵通过规范的声音高低长短获得具体而丰富的表现力，使声韵变成了抑扬顿挫、长短高低有据的乐章，为抽象的平仄律式增加更多可以把握的特征。于是，吟诵便成为了格律诗创作的重要工具，得到广泛应用和深入人心，以至形成了"先吟后录"的中国诗歌传统。

古代的文人都会从老师那里学到一套吟诵的"基本调"，这套基本调是按照文体的不同分类呈现。比如华锺彦先生总结格律诗就有仄起五绝、平起五绝、仄起五律、平起五律、平起七绝、仄起七绝、平起七律、仄起七律等八种形式。正因为如此，有心的老师往往把律谱直接带入吟诵调，作为创作前的训练项目。著名吟诵学者戴君仁先生就曾经这样带过学生。

这种方法是否具有普遍性，可以在课堂上推广呢？我们研究了存录的吟诵材料，认为这种方法是具有很大的教学和传习空间的。当年华锺彦先生传习的吟诵调就是有其基本调的。例如，杜甫的《八阵图》"功盖三分国，名成八阵图。江流石不转，遗恨失吞吴"吟的就是甲式律（仄起五律）的基本调。而对照《曲池荷》"浮香绕曲岸，圆影覆华池。常恐秋风早，飘零君不知"[1]341一类的丙式吟诵调，可以证明基本调的有章可循。

把握了这一规律，我们就可以把创作和格律诗的吟诵结合起来。事实上古人本来就是这样创作的，所以，我们这样做是在尝试着做古人"先吟后录"传统的恢复，具有传承与保护文化遗产的意义。

记下了这些律式的乐谱，创作起来就可以套用，就可以按照这些乐谱进行创作，它的好处与价值在于，乐谱已经按照平长仄短的声律规范编排好了。用吟诵的方式来创作就可以合辙押韵。长吟之处必定是平声，如果在长吟处用了仄声，感觉上就不对路了。因此，它是一种便捷的检验工具。唱着创作，吟完后再记录下来。古人有这种便捷的方式，作诗是一件既简捷又快乐的事。综上所述，一是格律诗的律谱是可以借助我们编创的三十二个字的方法准确记忆的。二是吟诵是可以概括为几种基本调的。三是这种基本调和律谱结合，可以帮助恢复"先吟后录"的传统，还原我们中华文化宝贵的文化遗产，在愉悦中进行创作，善莫大焉，幸甚至哉。

注释：

[1] 华锺彦.华锺彦文集[M].开封：河南大学出版社，2009.

古典诗歌吟诵及其教育意义

一、诗歌的定义与特征

从古至今，诗歌研究者创造了关于诗歌的多种定义。最著名的有"诗言志"说，还有"诗缘情而绮靡"说、想象说、感觉说、表现说等等，这些定义从不同角度概括诗歌的本质特征，各有其道理。目前，学界多以这种表述形成概念：诗歌是一种直接表现创作主体内心境界，注重节奏抑扬、词语蕴藉、音响和谐等优雅语言形式的文学体裁，该定义称为"表现说"。这一定义，从根本上讲，突出表现了人即创作主体的能动本质，而不仅仅把眼光停留在"文学是社会生活的反映"那种一般性观照之上。

诗歌是一种具有特殊功能，尤其注重和谐与审美功能的文学语言，具有抒情性，接近音乐性，凝练概括，境界高远，形式优美，耐人咀嚼。既长于状物写景，又精于表现个性的心理感受与精神追求。其具体特征有：

一是多义性。诗的语言突出地具有含蓄性特征。好的诗歌一定既有表层意义，又有深层含义。多采用象征手法形成意象。无论菊梅兰竹、箜篌琴瑟、春风秋雨、观涛听松，都有耐人寻味的文化含义。还有暗示婉转、谐音双关、言此意彼，无不迂曲委婉，鲜活含蓄，留不尽之意于言外，令人反复玩味。

二是跳跃性。主要指诗歌语言在结构上的不拘一格所形成的跳跃。诗歌本身具有建筑美的特征，既讲究整齐的美，又讲究起伏的美。格律诗创作尤其讲究在整齐的外观下的跳跃美。讲究炼字、炼句，夺人眼目，反对平直无奇、循规蹈矩。如"鸡声茅店月，人迹板桥霜""枯藤老树昏鸦，小桥流水人家"，不讲语法，不讲主谓宾、定状补等语法规范，只凭几个偏正结构和名词的跳跃性堆砌，便勾勒出感人至深的生活画面，平添了许多社会、人生的深刻感悟。不仅如此，诗歌还可以实现时间和空间的交错，巧妙地利用如梦似幻的逻辑朦胧，形成特殊的艺术效果。

三是可感性。主要指诗歌要有色彩感、立体感和具体感，即形象地化抽象为具象的艺术特征。这种特性往往要借助于特殊的艺术思维方式——形象思维来实现。毛泽东在《给陈毅同志谈诗的一封信》中强调诗歌特征时曾明确指出"诗要用形象思维"。所谓"形象思维"，指的是人们在进行艺术创作时，用直观形象的表象进行艺术创作和艺术表现的思维方法。也就是说，艺术家在创作过程中始终伴随着艺术化的形象、情感、联想和想象。这种方法，往往通过事物的个别特征形象地表现一般规律。常常是一句诗能传神道尽人生哲理，一句诗能使人坐观宇宙而如身置画中，"行到水穷处,坐看云起时",欣欣然如饮甘泉芳脂。这方面历代不乏唐代诗人王维式的大师,而苏轼夸赞王维的精辟话语"味摩诘之诗,诗中有画;观摩诘之画,画中有诗"也就成为中国历代评判诗歌可感性特征的正宗理论。

四是音乐性。诗歌既有内在音乐性(即情绪的律动),又有外在音乐性(即声音的回环、起伏与谐和,押韵、节奏和声调)。这种诗性的音乐是对原始感情的节制、整理与超越。其中,节奏是起决定作用的因素,是事物的节奏和人的生理节律——呼吸的调节及运动感觉的反映,也是人的心理节律抽象的变奏,由此形成音组和停顿的有规律的安排。汉字一字一音节,方块形体,有独立意义,便于编织组合,单音节、双音节或多音节灵活多变,构成多种音组,形成不同体式,无论格律诗是整齐的体式还是古体的体式多样,同样可以发挥汉字本身乐感突出、字义含蓄、音声多变的艺术特点,形成鲜明的音乐感觉。诗的音乐性可以表现为两种,外在音乐性主要表现在物质性的声音的回环、起伏与谐和上,可以说是一种数的比例关系。内在音乐性更是内心情绪的律动,亦有高低起伏、迂曲顿挫、长短快慢等。

最早的诗多与祭祀、与劳动生活相关,都可以唱,诗歌不分。学界主流观点认为,原始民族的抒情诗,主要的性质是音乐。一直到南朝文学家沈约整理出《四声谱》以后,诗与歌开始分化,以永明体为代表的新体格律诗正式登上历史舞台，开创了中国格律诗时代的新纪元。尽管有了分化，诗与音乐还是有异曲同工之妙。诗词吟诵强烈的音乐性一天也没有离开过古风和近体格律诗；唐诗、宋词在当时文人口中可以娴熟演唱。诗歌的音乐性作用是对原始、粗硬、强烈的感情起节制和协调作用的手段，这种特性的发挥，使诗歌转化成为一种有规律、多变化的和谐运动，突出了诗性，加深了诗味，最终实现唤起读者审美愉悦的艺术效果。

二、古典诗歌的分类

古典诗歌的分类很多，是一个仁者见仁、智者见智的问题。清代蘅塘退士孙洙编写的家喻户晓的读本《唐诗三百首》把诗分为古诗、律诗、绝句三类，又在这三类中都附有乐府一类；古诗、律诗、绝句又各分为五言、七言。这是一种分法。稍早于《唐诗三百首》的《唐诗别裁》，由清代著名学者沈德潜所编，他的分类没有把乐府独立出来，但是分列了五言长律一类。南宋郭知达博采九家集注的善本书《杜工部诗集注》最简捷明了，把诗分为古诗和近体诗两类，这种分类从诗歌的基本特征入手，进行格律和非格律的区别，分野明晰，更适合诗歌的归类论述。

因此，我们倾向于这种从格律上入手，把诗分为古体诗和近体诗的分类法。古体不讲格律，又称古诗或古风；讲格律的近体诗，又称今体诗。从字数上看，古体诗有四言、五言、六言、七言诗，还有一部分杂言诗。四言就是四个字一句，六言就是六个字一句，长短不限。五言古诗简称五古，七言古诗简称七古。近体格律诗以五言、七言为基本形式。唐代近体格律确定以后，格律诗的基本体式分为律诗、绝句和长律。

古体诗依照古代诗歌的创作规范创作，其特点是形式比较自由。在唐人看来，从《诗经》到南北朝的"永明新体诗"问世之前，凡是不受诗歌格律束缚的，都是古体诗。乐府诗产生于汉代，是一种感于哀乐、缘事而发的现实主义色彩浓重的古体诗歌样式，在中国文学史上有很大影响。乐府本来是配音乐的诗体，因在乐府官署演奏、演唱，所以称为"乐府"或"乐府诗"。这种品类的诗常以"曲""辞""歌""行"为题，所以又称"歌行体"。到了唐代以后，文人摹拟这种诗体而写成的古体诗，也叫"乐府"，白居易提倡的所谓"新乐府运动"，写的就是这种体裁的诗，但是已经不再配音乐了。由隋入唐，国力渐盛，丝绸之路的通达，带来深入的经济、文化交流，其中，来自西域的乐曲，以其清新明快的异域情调在社会上广为流行，逐渐与大唐固有的民间音乐融合形成了一种新音乐。有音乐就需要有歌词，配合新音乐演唱的歌词，后来叫作"词"。词大概产生于盛唐，成熟于宋代。这种词已不是像乐府那样的古体形式，而是讲究字声平仄和格律的歌词，其形式是一种长短错落的格律化诗歌,是格律诗的一种变体。词的产生是伴随新乐而兴起的,唐代新乐兴起之初,与之相配的"词"不够多,给新乐曲配歌词时往往也采用近体诗。王维、李白等填写的歌词,很多都是近体诗的形式。

近体诗包括律诗、绝句和长律,以律诗为代表。律诗在用韵、平仄、对仗等形式上都有许多讲究。

先说律诗。在近体格律诸体裁中,律诗规范最多,要求最严,所以称为律诗。律诗至少有以下四个特点:

一是每首限定八句,分首、颔、颈、尾四联,构成起、承、转、合结构关系。中晚唐以后,近体格律完全成熟,通押平声韵成为规范,不能与仄声韵相混使用。为了区别平韵式与仄韵式,学界有人将押仄声韵的格律诗称为"古律""古绝"。二是押平声韵,一韵到底,中间不能出韵。三是每句的平仄都有规定。四是每篇必须有对仗,对仗的位置也有规定。

超过八句的格律诗,称为长律。长律自然也是近体诗。初期的长律五言居多,最少十句,长短自便,兴尽而止。通常习惯在题目上标明韵数。如杜甫《风疾舟中伏枕书怀三十六韵奉呈湖南亲友》。所谓一韵即一个诗联,由两句十个字组成。三十六韵就是三百六十字。白居易《代书诗一百韵寄微之》就是一千字。有的长律则直接标明诗的字数,人们根据字数可以知道诗的韵数。如杜甫的名句"朱门酒肉臭，路有冻死骨"就出自这一类诗，题目叫作《自京赴奉先县咏怀五百字》。这种长律也是要讲究对仗的，全诗除了尾联，或除了首、尾两联以外，中间各联一律要对仗。这种诗体，形式上排列整齐，对仗工稳，所以又叫"排律"。

绝句比律诗的字数少一半。五言绝句只有二十字，七言绝句只有二十八字。绝句产生很早，南朝徐陵主编的《玉台新咏》就已把"古绝句"归为一类，以区别永明体之后的格律诗概念的绝句。绝句短小，每首只有两联，对仗要求也较律诗灵活，容易写出精湛的作品，所以很受文人欢迎，大量绝句精品至今仍在社会上流传。绝句实际上可以分为古绝、律绝两类。古绝创作可以用仄声韵，也可以用平声韵。押平声韵的古绝，其律式和近体绝句的平仄规则以及所用律式并不完全相同。

总结格律诗诸体的特点，至少有五个要素，即篇有定句、句有定字、字有定声、韵有定位、律有定对（对仗的要求）。五大要素构成了格律诗质的规定性，成为区别于其他诗体的显著特征。

三、格律诗及其用韵特征

格律诗讲究声律，即讲究分辨字句的声调平仄是否符合格律诗既定律式的要求。声律和谐是格律诗的重要特征。毛泽东在《给陈毅同志谈诗的一封信》中有一句广为传诵的话:"律诗要讲平仄,不讲平仄,即非律诗。"可见分辨平仄对于学习、欣赏、创作格律诗的重要性。由此可知,平仄的问题实质是声调问题。

过去写旧体诗用的是古代汉语,为实现声韵和谐,保持格律诗的音乐性,古人把古汉语平、上、去、入四声,区分为"平"和"仄"(上去入)两类相反相成的声调,依此制定了一套彼此搭配具有鲜明音声和谐效果的规范,写格律诗的人必须参照这些规范。这些对古人不存在太大问题,而对于当代人来说,现代汉语语音和声调都发生了变化,在讲究平仄这个声调分类问题上势必存在相应困难。比如,现代汉语将声调分为阴平、阳平、上声、去声,现代汉语没有发入声声调的字;古代汉语平、上、去、入四声中的入声字,现在已分别归进现代四声之内,不容易区分,而这一现象是学习格律诗不可回避的问题。

现在辨别古诗字音的平仄所要做的事,就是如何用现在的语音去辨别每个字的读音属于古代的平声还是仄声,这是一项专门的学问,因此学习格律诗就需要专门的学习和训练。因为只有诗中平仄声搭配得当,才能显现抑扬顿挫、高低跌宕的艺术感,才能更好地继承这份历史文化遗产,也才能创作好格律诗。

明人谢榛《四溟诗话》中说,诗法"妙在平仄四声而有清浊抑扬之分。试以东、董、栋、笃四声调之。东字平平直起,气舒且长,其声扬也;董字上转,气咽促然易尽,其声抑也;栋字去而悠远,气振愈高,其声扬也;笃字下入而疾,气收斩然,其声抑也"。这段话传神地描述了平长仄短的古汉语声调特征。而《康熙字典》序言中的那首《四声歌》则以诗的语言表述出古汉语四声高低长短的变化:"平声平道莫低昂,上声高呼猛烈强。去声分明哀远道,入声短促急收藏。"掌握了这些特征,对于区分平仄、分辨入声字是有帮助的。

格律诗讲究用韵。为了造成音韵和谐的优美效果,格律诗规定必须押韵。古人把所有的韵字编写成韵书,创作时严格地依照韵书的韵部来押韵。在诗歌创作之前,翻检韵书,把诗歌内容所需用的韵字确定下来,围绕主题诗韵进行创作。清代一般人通常查阅根据《平水韵》系统编成的《诗韵集成》《诗韵合璧》等韵书。这些书不但可以解决清代律诗的押韵,而且可以说明唐、宋律诗的用韵。诗韵共有106个韵:平声30韵,上声29韵,去声30韵,入韵17韵。近体诗的律式只用平声韵,所以这里只谈平声韵。

在韵书里,平声分为上平声、下平声。平声字多,所以分为两卷,上平声、下平声就等于说平声上卷、平声下卷,没有其他的意思。上平声15韵:一东、二冬、三江、四支、五微、六鱼、七虞、八齐、九佳、十灰、十一真、十二文、十三元、十四寒、十五删;下平声15韵:一先、二萧、三肴、四豪、五歌、六麻、七阳、八庚、九青、十蒸、十一尤、十二侵、十三覃、十四盐、十五咸。

命名韵部的这些字，如"东""冬"等字都只是某一韵的代表字，它们只表示区别本韵部与其他韵部不同。至于"东""冬"这两个字的韵母在读音上有什么区别，现在我们不需要追究它，只需知道它们以及韵书上与它们相类似的其他同音的韵部，在最初的时候是有区别的，后来混而为一了。但是，古代诗人们依照韵书，在写律诗时还不能把它们混用。因为在科举应试时试卷需要统一标准，不能不遵守它；教学为考试服务，课堂上就必须维护、沿袭这一标准。长此以往，后来就成为风气，写格律诗的人一直到现在都遵守它。

《红楼梦》里有这样一段故事：林黛玉叫香菱写一首咏月的律诗，指定用"十四"寒韵。香菱正在挖心搜胆、耳不旁听、目不别视的时候，探春隔窗笑说着："菱姑娘，你闲闲吧。"沉浸在诗歌创作的香菱以为探春在提示她，怔怔答道："闲字是十五删的，错了错了。"[1]650 在现代汉语中，上平声"十四寒"的韵母是 an，"十五删"的韵母也是 an，没有区别，古人却恪守格律诗同一韵部不能出韵的原则。《红楼梦》中香菱作诗的故事传神记录了古时近体诗用韵在民间的状态。

格律诗用韵的这些规定并不难。难的是古代韵书中的韵部分类与当今汉语拼音的韵母划分不同。其中的专门知识也需要经过学习。

除了讲究声律、用韵的形式特征，格律诗还有五言、七言形式不同的外在特征，讲究对仗工稳的形式特征等。以上所谈涉及格律诗内在要素的结构和外在的各种表现方式，都是格律诗的形式问题。格律诗以形式见长，艺术上达到中国诗歌的巅峰状态，但是，中国诗歌的传统一向是内容、形式并举，即除了重视形式的优美，更注重内容的充实和社会问题的关注。我们一直将这种传统称为现实主义优良传统。

中国社会的这种文学传统，赋予以《诗经》为代表的诗歌以极高的地位，包括格律诗在内的作品统统被纳入这一评价标准的观照之中。《诗大序》说："正得失，动天地，感鬼神，莫近于诗。先王以是经夫妇，成孝敬，厚人伦，美教化，移风俗。"这段论述，把诗歌教育的普及上升到感天地、动鬼神、厚人伦、移风俗的高度，可见把诗教和政教风化、教育感化、文化氛围营造及影响等有形与无形的手段综合运用起来，既向人们正面灌输做人的道理，又以百姓喜闻乐见的形式传播，结合日常活动，使人明伦达事、潜移默化。这种灵活的诗教传统随风入夜，润物无声，其社会效果要比单纯的教育更深刻而有效。置身于文化大发展、大繁荣时代，这种传统在今天仍具有现实意义。

四、古典诗词进校园的当代价值

古典诗词作为中华传统文化的精华,是中华文化历代传承的重要内容。改革开放以来,尤其是近年来,古典诗词加快了走进校园的步伐,取得累累硕果,但是从普及的程度来看,仍然任重道远。从实现文化伟大复兴的角度看问题,只有深刻认识积极传承古典诗词在文化建设中的重要意义,才能更好地彰显其在大学校园传播的当代价值,进而推进中华诗词在大学校园中普及。

(一)盛世兴诗教的必然趋势

当代把以近体格律诗为代表的中国古代诗歌称为"中华诗词",把古代传统的诗词教育及其相关的社会化活动称为"中华诗教"。在文化大发展大繁荣的今天,社会积极主动恢复中华诗教传统,的确是恰逢其时。因为,诗教在中华文化两千多年的历程中对社会教化与文明发展起过重要作用,堪称遗产的文化传统。

1. 什么是诗教

"诗教"这一概念,追根溯源,是由儒家学说奠基人孔子最早提出的。他亲自编辑删定《诗三百》,成为我国第一部诗歌总集。同时,提出了诗学思想和"诗教"概念。孔子说:"不学诗,无以言。""小子何莫学夫诗?诗,可以兴,可以观,可以群,可以怨。""入其国,其教可知也。""其为人也,温柔敦厚,诗教也。"可见,"诗教"概念的本义是"以诗教人"。用诗中蕴含的道德、意志、情感等大众易于接受的美学方式，教化人心，提高素质，是诗教功能的本质体现。因此，诗教从宏观意义上讲，是诗学的源头，而且已经有了两千多年的实践。诗词教育、诗词创作都是诗教这一总体概念内涵与外延的表现形式。诗教的本来意义以诗的教化义项为主；经过两千多年的发展嬗变，诗学活动在传播与教化中的丰富多彩，使诗教越来越凸显出其"诗词教育"的微观意义。

从中华诗词"以诗教人"的宏观意义上讲，当代中华诗教的总体框架可能是：着眼基础教育的诗教—着手高校校园诗教—着手社会诗教。即把国人传承诗教精粹，提高国民修养，作为基本着眼点；而诗教工作付诸实施的突破口，就是让中华诗词从娃娃抓起，走进大、中、小学校园，即从校园诗歌教育入手，在普及校园诗歌教育的基础上，逐步实现文化传承、诗的教化和提高国民素质与人文修养的目标。

2.诗教复兴是历史的必然趋势

中华民族的伟大复兴首先要表现在经济和文化的复兴上。中华诗词是传统文化的精粹，随着经济发展与国力强盛，其复兴是历史必然的趋势。纵观历史，我们发现重视诗教，尤其是盛世兴诗教是我国自古以来一种重要的文化传统。"诗教"一词出现在汉代人作的《礼记·经解》，其中有一段相传是孔子的话："入其国，其教可知也。其为人也，温柔敦厚，诗教也。"这是"诗教"概念文献上的最早出处，它的原意是以《诗经》为教材施教可以加强人的修养，就会使人变得为宽厚委婉。

《诗经》本名原就一个字《诗》，到了汉代，正式将《诗》奉为经典，才有了《诗经》一名。周王朝重视人文教化，开始在民间采诗观风，以便了解政治得失。当时的政治家们认为，诗歌是用来表达人的心态的。人们在生活中有感于生活的疾苦和幸福，就会用诗的方式把自己的真实感受唱出来，客观上可以折射政治的状况。所以，采诗观风，编纂《诗》集，其中有一个重要目的，就是便于统治阶层用它来了解政治状况、教育人民。由于孔子以及后来儒家学者的重视和倡导，《诗经》成为国人道德修养的教科书、外交辞令的宝典。其开创的风、雅、颂、赋、比、兴六义，也成为我国古代诗文的典范和创作手法。

诗教是我国古代教育的重要内容和优良传统。虽然历来都重视诗教，但不同时代其重视程度有着很大的不同。中国历来有盛世兴诗教的说法，最为典型的当然要数经济发达、文化兴盛的唐代和经济文化繁荣的宋代。唐代兴科举，作诗是其中的一项重要内容。这在客观上促进了唐诗的高度繁荣。读诗写诗，成为文人士子出仕和进入上流社会的重要手段之一。骆宾王七岁写《咏鹅》诗，王勃、李贺等一批才子很早就开始作诗。《唐诗三百首》是民间影响深远的唐诗选本。唐朝的近体诗开拓了一个崭新的诗的时代，除了在诗歌格律方面突出的成就以外，众多的诗人如璀璨的群星闪耀在时代的星空中，其中以浪漫主义诗仙李白、现实主义诗圣杜甫为杰出代表，他们用自己的饱满笔触为我们留下了那个朝代由盛而衰的整部诗史。这个时期所涌现出来的"边塞诗派""田园诗派""韩孟诗派"等从不同的角度反映了唐代社会生活的风神。

在中国古代文批评史上居于重要地位的唐代诗教理论，其主要特点表现为，在思想内容方面重视对儒家"温柔敦厚"的诗教理论的继承；在艺术标准方面尊崇魏晋风骨与"兴寄"表达，注重对诗歌中雄深雅健的情感力量的呼唤；在审美倾向上，分为自然与奇崛两大主要派别，展现为情景交融、兴象玲珑的美学风格。唐代诗教的兴盛，不但直接影响了当时繁荣昌茂、鼎盛一时的诗坛创作风貌，而且开启了后世长达近千年的"宗唐"诗风，可谓影响深远。

宋代诗词尤其是词则是继唐诗之后的又一个诗歌发展的重要里程碑。这个时期，出现了不同于以往齐言诗的长短句词体，更重要的是以苏辛为代表的豪放词派，革新诗文，以文为词，在词中直抒慷慨悲壮的爱国热情，以秦观、周邦彦、李清照、姜夔、吴文英为代表的婉约词派则继承了南唐花间词派传统的委婉、绮丽的词风。他们的笔触则更多地反映了宋朝政府文弱的社会政治。从实践成果看，宋代诗歌表现内容既重理性议论，又多内向自省，语言风格既力求生新蕴藉，又追求平淡自然，由此一改"唐音"风貌而创生卓然独立的"宋调"，可以说正是"情""理"冲突的文学思想规范、影响的结果。唐代诗歌的光焰万丈，宋代诗词的悲歌雅奏，莫不是时代风云之缩影、诗教兴盛之见证，莫不散发着时代的气息，跃动着盛世脉搏的律动。

3.经济的发展为诗教复兴提供了物质基础

一是诗教的兴盛、文化的发展要求有相应的物质条件和经济基础，唐代的"贞观之治""开元盛世"、宋代商业的繁荣兴盛和商品经济的发展为诗词发展和诗教兴盛做好了物质方面的准备。二是在人民大众的需求中，既有温饱需求，更有文化需求和精神追求，盛世兴诗教满足了人们这种内在的需求。而中华诗词正是在这个过程中保持旺盛的生命力，一次又一次地更新，一波接一波地兴盛，从而至今仍能使我们感受到中华传统文化的鲜活存在。

改革开放以来，伴随着新的社会经济体制的建立，国民的创造力迸发，我国经济建设得到了迅猛发展，已经崛起成为世界名列前茅的经济体。与之相适应，包括中华诗词及其诗教活动在内的整个文化事业也得到了蓬勃发展。国家的重视和政策的导向使校园文化建设取得可喜成绩，高校内部诗词社团如雨后春笋，诗词创作队伍迅速扩大，各种诗词研讨、竞赛活动蓬勃兴起。校园诗教在杨叔子等一批院士和有识之士的倡导下，也由点到面迅速展开，不断取得新的成绩。高校是文化传承与创新的高地，通过开展诗教活动，努力发挥育人的作用，功德无量，令人鼓舞，展示了文教事业的美好前景。

（二）中华诗词教育是文化传承的必然要求

1.诗词是文化传承最典型的载体人类文化需要传承，在传承中创新和发展是文化发展演进的良好模式。中华民族有着五千多年悠久的文明发展史，传统文化的万里江河，众水分流，长流不息，从而汇聚形成博大精深的文化体系。而诗歌对文化的反映和传承是最系统、最全面、最典型的，它涉及的领域包括了历朝历代自然和社会生活的方方面面。

欧洲古代经典最醒目的标志是一尊尊名扬天下的雕塑和一座座屹立千百年的建筑。中国历史上毁灭性的战乱太多，只有一种难以烧毁的经典保存完好，那就是古代诗文经典。这些诗文是蕴藏在无数中国人心中的雕塑和建筑，而一代接一代传递性的诵读，便是这些经典连绵不绝的长廊。以唐代近体格律诗为例，从高适"策马自沙漠，长驱登塞垣"的开疆拓土到李白"苟无济代心，独善亦何益"的治国抱负，从孟浩然"气蒸云梦泽，波撼岳阳城"的江南山水到王维"大漠孤烟直，长河落日圆"的塞外风光等，无一不是这些精神元素的反映。同时，诗歌所反映的不同时代创作者的人生追求和价值取向，也都得到了传承和发展。近体格律形成前，屈原的"路曼曼其修远兮，吾将上下而求索"，唐以后苏轼的"横看成岭侧成峰，远近高低各不同"，文天祥的"人生自古谁无死，留取丹心照汗青"，鲁迅的"寄意寒星荃不察，我以我血荐轩辕"，这些词句对真理的追求矢志不渝，对人生观的理解透辟精深，对祖国山河的热爱激情洋溢，对祖国民族的情感一腔忠贞，对哲理的思考耐人寻味。从中可以看出，它们是一脉相承的中华文化传承的结晶。

当今世界，全球化浪潮使经济、市场迅速一体化，紧接而来的科技一体化、信息网络迅猛发展，使经济科技的潮水迅速覆盖了世界，淹没着不同的文化价值系统，把全球推向了西方文化的舞台。在这种时代背景下，对于回答和解决人类共同面临的许多困难与危机，中国传统文化有着诸多积极和有生命力的元素值得人类吸收和借鉴。高等学校的主要功能是人才培养、科学研究、社会服务及文化传承。因此，高等学校在文化传承与创新中承担着重大的责任与使命。

2. 中华诗词教育进校园是文化传承的需要

自古以来，学校尤其是高等学校本来就是文化传播和创新、诗词继承和发展的策源地。然而，改革开放以来，中华诗词热首先兴起于社会，而不是首先兴起于知识与人才密集的学校，很值得人们深省。其中的原因，首先恐怕与近年来高校受科技主义思潮和工具性浸润、长期忽视人文与传统教育的现象有关。多年来，传统文化被曲解，诗词教育被认为可有可无。高校重视专业学习，把学生的素质教育与专业教育对立起来，使学校的诗教活动开展严重缺少社会基础与文化基础，未能很好地将包括中华诗词在内的大学生文化素质教育提上教学日程；其次是担心在高校弘扬传统诗词会被认为是"复古"。当代一些人认为，以格律诗为代表的中华诗词，其基本形式、美学范式和表现形式已不适宜表现现代人复杂的生活和丰富的情思。更有甚者，许多中国现代文学史把百余年来的格律诗排斥在外，直到现在人们还在为格律诗要不要写进现代文学史而争论不休。如此这般的人文环境，致使有的学校不敢开展这方面的活动。因此，确有必要进一步阐释文化在当前的重要性，进一步提高对弘扬中华诗词、开展诗教活动深远意义的认识。

其一，中华诗词和诗教具有极大的审美、陶冶情操的功用。世界第二大经济体的国际形象、五千年文明史的历史积淀要求国人的素质和文化教养水平与之相匹配，而诗词和诗教是实现这一目标文雅而有效的手段。由于诗教以诗词艺术为载体，通过鉴赏、吟咏和创作等手段能使人直观形象、潜移默化地领悟诗义、诗旨等精神内涵，因而诗教在作用机制和效果上除了激活智能和情感以外，还具备发展形象思维、开拓想象力与创造力以及改造思维品质、启智毓灵的优点。更为重要的是，诗教本质上是一种艺术教育和文化素质教育，其关键功效在于提高审美和陶冶性情。诗教的审美和陶冶功用潜移默化、润物无声，因此，诗教历来被视作精神内化、道德自律、人格完善的重要途径。

其二，中华诗词有着丰厚的历史文化内涵和积极的教育作用。近代学者王国维将美育作为德育、智育的手段，并将三者置于"心育"之中可谓真知灼见。他特别强调文学，而诗是文学的灵魂，诗教是美育的核心。中华传世的优秀诗词能让人获得美的享受、文化的启迪，诗词的学习使人潜移默化地受到诸多教益，从而改变人的精神面貌。一个人懂得了美，便知道什么是丑，人有了审美的追求，便能明善恶、知是非，提高社会的文明程度。

其三，爱国主义是中华诗词的主旋律，其核心内涵为团结统一、爱好和平、勤劳勇敢、自强不息的民族精神。毛泽东诗词作为现代格律诗创作的代表，高扬着爱国主义的主旋律。他说格律诗"一万年也打不倒。因为这种东西，最能反映中华民族和中国人民的特性和风尚"[2]251。试看杜甫的《茅屋为秋风所破歌》，其忧国爱民之心发自肺腑；白居易的《村居苦寒》为老百姓之苦痛心、自责，情感真挚而深沉；岳飞的《满江红》正义凛然，妇孺皆知；文天祥的"人生自古谁无死，留取丹心照汗青"则成为做人准则；曹植的"捐躯赴国难，视死忽如归"表现出一种英雄主义浩然之气；等等。在这些优秀诗篇的滋养浸润下，人们涤胸荡肺，深受教育，自然形成强烈的文化认同感。

其四，增强文化自信，能够消除弘扬传统文化、倡导诗教"复古"之嫌疑。古代的未必都落后，今天的未必都先进。文化艺术史和教育史充分表明，重视诗教与伦理教化，古今中外概莫能外。从古希腊柏拉图、亚里士多德到古罗马贺拉斯，还有19世纪德国诗人歌德，都从不同的视角触及了作为艺术之祖的诗的客观存在的教化功能。我国的诗教无疑更具特色，在中华大地上从有诗歌就同时产生了诗的教化功能，而且以孔子为代表的儒家诗教观也远比西方的诗的价值观更具有可操作性。这是文明的象征，也是中华文化的传统精粹。当然，今天在高校和社会中推行诗教已不是儒家诗教的简单翻版，而是继承中有创新和发展，它更多进行的是审美的教育与能力的培养。

其五，弥补我国优秀传统文化认同缺失和民族精神家园意识迷惘的不足。在国际国内形势的深刻变化中，大学生的成长既面临难得的机遇，也面临严峻的挑战。由于种种原因，青年学生不同程度地存在理想信念模糊、价值观扭曲、社会责任感缺乏、心理素质欠佳等问题。这些问题某种程度上与优秀传统文化教育的不完善、对传统文化价值认同缺失和民族精神家园意识的迷茫有关。对此，高等学校应按照科学发展的要求和教书育人的定位，把诗教纳入校园主流文化建设的范畴，并且还要与书法、绘画、摄影、音乐等其他文化艺术相结合，形成"洙泗上，弦歌地"的大气候，起到种德养心、强中固本的大教育作用。

总之，作为一个伟大民族，优秀文化的承传是历史的必然。我们生逢中华民族伟大复兴的时代，大力弘扬中华传统文化的精粹——诗词文化当然不容置疑。我们要解放思想，引导学生走进格律诗殿堂，从而使盛世兴诗教在当今高等学校生根开花。

注释：

[1] 曹雪芹.红楼梦[M].北京：人民文学出版社.1982.

[2] 董志英.毛泽东轶事[M].北京：昆仑出版社.1989.

第二编　　文学母题的现代性阐释

"霸王别姬"母题的现代流变与阐释

一、"霸王别姬"母题的生成及文化意义

中国文学史上,"霸王别姬"及其相关的故事情节,最早出现在司马迁的《史记·项羽本纪》中。而后,这一故事原型及其相关的人物形象——项羽和虞姬,便开始不断被人们以各种不同的艺术形式重新叙述和评说着:诗歌、话本、史传、丛话、戏剧、小说、影视作品等等。在这种被不断重说和演绎的过程中,"霸王别姬"及其相关情节逐渐演变成为传统文化中一个独特的母题。[1]499

"霸王别姬"及其相关情节能够作为母题存在,一方面在于它表征了特定历史语境和文化传统中的人的某种原始情结,另一方面也在于这种原始情结会不断地"置换变形"。母题之所以能够成为母题,就在于它是一种生命形态,不断地成长变化着,一旦它停止了生态演化,便成了历史遗迹,不会再被人青睐,母题原型也就不复存在了。可以说,"霸王别姬"母题在不断演变过程中承载了传统文化中的某些文化密码。通过文本的考索与叙事元素的解码,发现"霸王别姬"母题演变背后隐藏的文化意味,具有一定的意义与价值。应该说,这种求本溯源的研究方法在很大程度上可以纳

入福柯所说的"知识考古学"范畴。

"霸王别姬"母题在中国古典文学中具有非同寻常的文化意味。首先，就情节类型来说，"霸王别姬"属于典型的"英雄美人"模式。英雄项羽和美人虞姬的故事源起于秦末的楚汉战争，是在血与火的洗礼中绽放的一朵凄艳小花。在司马迁创作《史记》之前，关于项虞两人的故事就已经在民间广为流传了，司马迁最早以文字的形式记载了他们的故事，虽然寥寥数语，却为后世文人墨客敷演增饰提供了初始的历史素材。残暴不失率真、刚猛不失柔情的英雄项羽历来被认为是一个具有多重解读可能性的历史人物，千百年来，他始终存活在浩繁的文化典籍和色彩纷呈的戏剧舞台上，因其性格与命运的传奇色彩，历代史学家、文人墨客以至寻常百姓，对他的评价也是莫衷一是，众说纷纭：赞美其"力拔山兮气盖世"的伟力者有之；颂扬其"不肯过江东"的骨气者有之；为霸王别姬洒一掬同情泪者有之；贬低其"四面楚歌、身死东城"者有之。总之，对于项羽，我们无法用"成则王侯败则寇"的惯常思维来界定他的历史地位，他是一个"失败了的英雄"，是一个颇具悲剧意味的历史人物。相对于英雄项羽，美人虞姬在传统文学中的光彩要黯淡许多。更多的时候，她是作为英雄身边的一种陪衬而存在的。其实，在传统文化中，"英雄美人""才子佳人"是两种较为典型的处理男女人物身份关系的理想模式，在此基础上生发出来的"郎才女貌""红袖添香"等词语也都是带有性别压抑色彩的男权话语的表征。具体到"霸王别姬"母题,我们可以看到:失败了的英雄项羽失掉了与刘邦争夺天下的机会,最终不得不在四面楚歌声中自刎乌江,但是,令他稍感安慰的是,始终有一个忠贞于他的虞姬跟随着他,并甘心充当他的陪葬品。这种建立在封建父法夫权基础之上的社会集体无意识和性别无意识其实显示了男性内心深处某种隐秘的渴望,即女人是作为男人附属物而不是作为对等的主体存在的。美人的爱情在某种程度上抵消了英雄在别处的失意,美人为英雄而死的举动使得英雄的形象得到提升。

其次,从审美层面上分析,"霸王别姬"英雄美人、穷途末路的悲剧性结尾与传统文化历来所遵循的结局大圆满的文学传统相迥异。中国古典文学与西方相比,历来缺乏悲剧精神,几成定论。"霸王别姬"可以说是这种传统文学体制下的一个"另类"。当然,"霸王别姬"所蕴含的悲剧色彩又与西方典型的悲剧有所区别。西方文学中的悲剧往往是疾风暴雨式的,以追求极端的残酷和惨烈为目标,以能够引起人们心灵的恐惧与悲悯为指归。如在西方著名的"美狄亚杀子"中,为了报复负心的伊阿宋,美狄亚亲手杀死了自己与伊阿宋所生的孩子,这在儒家思想根深蒂固的中国封建社会,是令人难以理解的疯狂行为。相比较而言,中国式的悲剧往往是和风细雨式的,以哀婉、忧伤的情调作为悲剧艺术的标准，以引起人们同情悲悯的情怀为目标。如在"霸王别姬"母题中，两位主人公的先后自杀本来具有成为西方急风暴雨式的惨烈悲剧的潜在可能性，但我们看到的却是，项羽与虞姬之间交织缠绕的爱情减损了"霸王别姬"的悲剧指数，缠绵悱恻的哀伤某种程度上也削弱了惊心动魄的悲悯与恐惧，悲剧之悲变得可以令人接受，甚至带上了一点香艳的色彩。

最后，从主题所涉及的哲学范畴上看，"霸王别姬"及其相关情节之所以能够成为常谈常新的叙事母题，与"霸王别姬"故事原型所包含的两个基本的主题范畴有关，即死亡与爱。爱与死亡的交织渗透具有双重意义：一方面，如上所言，爱情某种程度上削减了死亡的悲剧色彩；另一方面，死亡对爱情的压抑使得爱情迸发出更为绚烂的光华，释放出更有价值的能量。可以说，项羽和虞姬的自杀与他们之间的爱情形成了一种相互激活的"异延"关系，这种关系的存在也正是"霸王别姬"母题保持恒久艺术魅力的深层原因。

二、"霸王别姬"母题现代流变的理论可能性及表现

（一）"太史公曰"："曲笔"写作策略与"实录"精神的幻象

要实现对"霸王别姬"母题现代流变的把握与合理阐释，发掘母题不断重塑的独特性所在，首先就要廓清古典文学中"霸王别姬"的故事背景。如前所述，"霸王别姬"的故

事最早见诸司马迁的《史记·项羽本纪》,但在司马迁笔下,"霸王别姬"的故事只是作为伟大的政治事件——楚汉战争结束的一个微不足道的注脚而存在的。对此,我们不能苛求于司马迁。因为他是一名史官,而且是流芳百世的"良史",秉笔直书是他的职责,他更为关注的应该是一些重大的政治事件和历史事件。事实也正是如此,《史记》首先是一部伟大的史书,其次才谈得上它的文学价值和叙事艺术。

"我们翻开某一篇叙事文学时,常常会感觉到至少有两种不同的声音存在,一种是事件本身的声音,另一种是讲述者的声音,也叫叙述人的口吻。"[2]14 有时候,故事讲述者的声音要比故事本身更为重要,因为在故事讲述的过程中,作者会通过叙述者之口曲折地传达出他对人物的情感指向和对故事的价值判断;读者在读小说时,也往往不会满足于故事情节的曲折生动,他们还希望得到人生经验的添培和知识视野的伸拓,这样,读者也就自然而然地希望作者在生动地塑造人物形象、展示情节场面的同时,最好能以智性、亲切、自然、风趣的方式,传达出更多的东西,因为读者有理由相信,作者比任何人都了解小说中的一切,只有作者才能在小说的漫游中充当可靠的、无可替代的向导。在《史记·项羽本纪》中,叙述者"太史公"就是这样一个显在的"向导",虽然司马迁努力不让"太史公"的声音遮掩过项羽戎马一生的故事的声音,也就是说,司马迁尽量不让自己过多地介入项羽故事，或者对其进行直接的评论，而是采取一种拟客观的口吻进行叙述，借事件的声音传达自己的声音，把自己对项羽的情感态度和价值判断事象化，把自己的观点和态度隐含化。但即使如此，通过细致的分析，我们仍然可以感觉到作为隐含作者的司马迁的声音和价值判断的存在，例如在篇末，司马迁煞有介事地借"太史公"之口说：

"吾闻之周生曰'舜目盖重瞳子'，又闻项羽亦重瞳子。羽岂其苗裔邪？何兴之暴也！夫秦失其政，陈涉首难，豪杰蜂起，相与并争，不可胜数。然羽非有尺寸，乘势起陇亩之中，三年，遂将五诸侯灭秦，分裂天下，而封王侯，政由羽出，号为'霸王'，位虽不终，近古以来未尝有也。"[3]58

在这里，虽然司马迁也委婉地批评项羽"自矜功伐，奋其私智而不师古""欲以力征经营天下"，但总体来看，他寄予项羽同情和赞颂多于批评和谴责。众所周知，在《史记》中，"本纪"是叙述历代最高统治者——帝王的事迹，"世家"是叙述贵族侯王的历史。项羽未成就帝业就身死东城，充其量只能列入世家而不能归入本纪，但是司马迁却把项羽提升到本纪作为帝王来写，其中是有深层原因的。表面上看，司马迁是一个秉笔直书的史官，他创作《史记》的"其文直，其事核，不虚美，不隐恶"的实录精神被后代史官推崇备至，但为什么偏偏在创作项羽这个悲剧人物时寄予那么多的同情呢？这不能不与他在天汉三年"下蚕室"，受"腐刑"的个人遭遇联系在一起。司马迁在遭受宫刑之后，但求一死，但因为父亲司马谈临终前曾将著述历史的理想和愿望托付给他，所以他才决定暂时隐忍自己"埽除之隶""闺阁之臣"的人格屈辱，完成父亲和自己著述正史的千秋宏愿。然而，受过一次大屈辱的司马迁已如惊弓之鸟，即使他有太多的愤怨与不平，却再也不敢犯汉武帝的"龙颜"了，他只能借太史公的"曲笔"来书写对项羽的悲悯与同情，借此寄托自己被侮辱被损害的悲愤。

由此可以看出，司马迁对于项羽的青睐不是偶然的，而是源于他自己的独特生命体验。同时，也表明司马迁作为古代"士"阶层所特有的对于"义"也就是人格的神圣尊崇。项羽虽然败亡，但其舍生取义、言诺必践的人格魅力却深深打动了司马迁，这一点我们可以从他对《史记》中的其他传主的对比性讲述中清楚地看到。小说家布斯认为隐含作者是作者在创作时的"第二自我"，是作者在作品中的化身，同一个作者在不同的作品中可以有不同的化身。对于同一个作者，我们可以从他作为不同的隐含作者中找到一些内在的统一性，这些内在的统一性就是作者作为一个独特的创作主体的人格或创作的风格所在。《史记》虽然整体上是作为一部巨著存在的，但其一百三十篇各具相对独立性和自足性。因此，司马迁在创作这些不同篇章时所附带引衍出的"第二自我"即隐含作者也是不尽相同的。虽然在每篇末尾，司马迁都以一个相同的叙述者"太史公"作一番貌似公允的评价，但其实，在他为不同的传主树碑立传时，无意识之中就会流露出他内在的生命体验和好恶褒贬的情感态度。对比他笔下的项羽与刘邦，我们就能清晰地看到这一点：相对于项羽的勇武慷慨、一诺千金，高祖刘邦流氓无赖的丑恶嘴脸昭然若揭：

> 汉王乃得与数十骑遁去……楚骑追汉王，汉王急，推堕孝惠、鲁元车下。滕公常下收载之，如是者三，曰："虽急，不可以驱，奈何弃之！"于是遂得脱……当此时，彭越数反梁地，绝楚粮食，项王患之。为高俎，置太公其上，告汉王曰："今不急下，吾烹太公。"汉王曰："吾与项羽俱北面受命怀王，曰'约为兄弟'，吾翁即若翁，必欲烹而翁，则幸分我一杯羹。"[3]55-56

在司马迁笔下，高祖刘邦成了一个十足的小人。他为了逃生，竟把自己的儿女推下马车以阻挡追兵，这与项羽在乌江畔主动拒绝逃生、舍生取义形成了鲜明的对比；更有甚者，当太公（也就是刘邦的父亲）被置于镬鼎之上，马上就要被人"烹而为羹"之时，他竟然无耻地狡辩，并宣言，"必欲烹而翁，则幸分我一杯羹"。虽然说这是刘邦在政治、军事形势处于劣势并被威逼下所做出的一种无奈之举,但从传统儒学观来看,刘邦首先有失"孝"道,而在封建社会,"孝"是衡量一个人人格与道德是否高尚的重要方面,由此可以看出,在司马迁不动声色的叙述中,实际上已经暗含着对高祖刘邦的鄙弃与嘲讽。

可以说,司马迁在塑造刘邦和项羽时,其潜在的情感态度是截然不同的:对项羽是尊崇和同情,对刘邦是嘲讽和鄙视。尽管表面上他力图使自己的叙述显得冷静、客观、公允,但实际上,对于司马迁来说,是作为史官神圣的创作姿态和敬业精神赋予了《史记》一种"不虚美、不隐恶"的实录的象,他永远做不到绝对的冷静、客观与公正。除了《项羽本纪》和《高祖本纪》,《史记》中的其他篇什如《留侯世家》《淮阴侯列传》等,似乎都有一股发诸司马迁自身、暗含于文本故事表层之下的"义"的存在,这种潜藏在文本底层的对"义"的尊崇是司马迁作为一个伟大史学家、文学家的内在统一的伟大人格的闪现。

《史记》是二十四史第一部,其权威性与客观性历来为后世所称道,但事实上,它并不能做到绝对的真实与公正。司马迁作为一名史官,也并不像多数教材中所评断的那样,是一位"不虚美、不隐恶"的良史,在他对项羽及其"霸王别姬"相关情节的记述中,存在着"将心比心"的创作意图。杨义先生曾经说过,"垓下之围"作为大的事件框架是真实的，但发生在中军帐里的"霸王别姬"那一幕，是有虚构的成分的。[4]33 这样一来，作为最早且最具权威的关于"霸王别姬"母题的记载，本身就存在着"实录"的幻象，这就在理论上为后世对"霸王别姬"的故事进行各种各样的意图改写提供了言人人殊的可能性。

（二）支离破碎的人物形象

自《史记》以降，古代文学中涉及"霸王别姬"母题的情节设置多是有关事件和人物的一些支离破碎的片断，或者是"咏史诗"类的人物评价，再有就是明清文人剧中那些抒愤寄恨的项羽形象。单就人物形象而论，古典文学中的项羽形象可以简单归为四类：

一是以司马迁为代表的较为客观的评价。从历史唯物主义的角度去衡量，《项羽本纪》虽然融入了司马迁本人的感情色彩，但仍不失为客观的评价，对项羽的认识是"一分为二"的。对项羽败亡的原因，司马迁作如下评论："自矜功伐，奋其私智而不师古……五年卒亡其国。身死东城，尚不觉悟，而不自责，过矣。乃引'天亡我，非用兵之罪也'，岂不谬哉！"[3]58 二是以李清照、杜牧为代表的诗人，对项羽多有褒扬之意。如李清照的《夏日绝句》（又名《乌江》）："生当作人杰，死亦为鬼雄。至今思项羽，不肯过江东。"再如杜牧的《题乌江亭》："胜败兵家事不期，包羞忍辱是男儿。江东子弟多才俊，卷土重来未可知。"三是对项羽败亡的贬损、讥讽。如王安石的《乌江亭》:"百战疲劳壮士哀,中原一败势难回。江东子弟今虽在,肯与君王卷土来?"又如胡仔《苕溪渔隐丛话》:"项氏以八千人渡江,败亡之余,无一还者,其失人心为甚,谁肯复附之?其不能卷土重来,决矣。"再如清代历史学家赵翼《瓯北诗话》卷十一云:"此皆不度时势,徒作异论,以炫人耳,其实非确论也。"可以归入此类的还有明清时代一些失意文人对项羽的评价,如杜诏的《戏马台》:"一战快心惟巨鹿,三分失策在咸阳。如何盖世英雄气,独为虞兮泣数行。"还有方孝孺的同题诗《戏马台》:"盖世英雄酒一杯,悲歌只使后人哀。平生费尽屠龙技,今日空留戏马台。"四是以《太平广记》《南史》《人中画》《西湖二集》中记载的"恶神"的面目。《太平广记》卷三百一"神"十一引唐戴孚《广异记》:

  (崔敏悫)其后为徐州刺史。皆不敢居正厅,相传云:"项羽故殿也。"敏悫到州,即敕洒扫。视事数日,空中忽闻大叫曰:"我西楚霸王也,崔敏悫何人,敢夺吾所居?"敏悫徐云:"鄙哉项羽!生不能与汉高祖西向争天下,死乃与崔敏悫竞一败屋乎?且王死乌江,头行万里,纵有余灵,何足畏也!"乃帖然无声,其厅遂安。[5]85

从这里我们可以看出,"项羽"的大叫,崔敏悫的"徐云",寥寥数语,项羽狂妄自大、色厉内荏的恶神形象就跃然纸上了。唐代李延寿的《南史·孔靖传》中也有类似的记载。可见，此时此处的西楚霸王项羽已经蜕变成为一个恶神的形象。

通过细致的考察，我们发现，其实项羽形象并不仅仅是民间流传和戏剧舞台上被塑造的那个"架子花脸"，他本身是一个包含着丰富的阐释可能性的历史人物，不同时代、不同视角观照下的项羽形象有着不同的风貌，甚至可以说，项羽形象已经异化成了一个具有特定意义的符号，超越了历史时空的局限，成为一个备受后世文人青睐的抒情载体。这一载体所包蕴的情感倾向主要有封建文人在遭受极度压抑后的激愤以及对现实世界的痛恶与诅咒，对自身才情的确认，对自我价值的审视，对历史既成观念的质疑，以及对追求生命价值历程中所遭遇的尴尬与无奈的反思等等。

总之，对于"霸王别姬"这一叙事母题来说，无论是具有虚构成分的事件本身，还是散落在历史典籍间的支离破碎的人物形象，都存在着潜在的被改写的可能性。孟悦把历史分为"事件的历史"与"话语的历史"两种，他认为，"事件的历史"曾经存在，但仅存在于发生的那一时刻，剩下的便是对"事件的历史"的叙述、记述或者是记述的记述。几千年前发生在乌江畔的那场惊心动魄的厮杀作为一个事件仅仅存在于那一时刻，及至尘埃落定、事过境迁，所有参与或目睹那场厮杀的当事人都化为尘烟之后，关于"霸王别姬"

的记忆与言说只能成为"话语的历史",任后世人遥想向往,感慨唏嘘。

三、"霸王别姬"母题的精神价值

在中国现当代文学史上,郭沫若的小说《楚霸王自杀》、张爱玲的小说《霸王别姬》、白桦的剧本《西楚霸王》、潘军的小说《重瞳——霸王自叙》等是敏感的作家受到时代新思想的激发而创作出的充盈着现代意识的作品,是对"霸王别姬"这一母题多重意义侧面的揭示与生发,更是对这一母题意蕴的增益。"霸王别姬"母题的现代流变和阐释主要是通过以上几个典型的文本的叙事分析才得以实现的,而被选择的这几个典型文本,无论是小说还是剧本,以及在此基础上展开的分析与阐释,都应该属于精英文化的范畴。其实,在难于以文字记载的民间文化和戏剧舞台上,关于"霸王别姬"的故事也一直流传着,从未间断过。这些在民间文化中广为流传的关于这一母题的原型因素,由于执着地固守传统文化的价值观念,缺乏必要的创新与发展,所以其精神价值的现代意识远不及精英文本中所体现的那么明显。如在京剧、川剧的舞台上,西楚霸王项羽千百年来一直是一个"架子花脸"的形象而缺乏必要的更新,更多的时候,戏剧的创新主要体现在对剧种的艺术形式上,戏剧剧种更多的追求是台词的押韵上口以及唱腔的正宗地道;演员的舞台动作(唱、做、念、打)也基本上没有太多的变化。另一方面,在民间，每当时代风潮与政治运动到来之际，涉及"霸王别姬"母题的文本（包括戏剧）便被推出来充当批判的靶子。如在"文革"十年当中，项羽被认为是"倒行逆施的复辟狂""没落的奴隶主阶级""复辟的历史小丑"；京剧、川剧等各个剧种的戏剧《霸王别姬》都被看成是"坏戏""流毒"。可以说，这些在民间流传的"霸王别姬"的原型因素，因为缺乏足够的现代思想的烛照与革新，所以其精神价值的现代意识并不明显，甚至某些个别的言说还带有一定的腐朽色彩，如虞姬是项羽落败的"红颜祸水"，项羽败于刘邦是因为后者是命定的真龙天子等等。对比而言，郭沫若的《楚霸王自杀》、张爱玲的《霸王别姬》、白桦的《西楚霸王》以及潘军的《重瞳——霸王自叙》等作品，更能体现出人性关怀、平等、民主、理性等现代意识和理念。所以，在考察"霸王别姬"母题在20世纪流变过程中精神价值的现代意识时，把关注的目光投向属于精英文化范畴的小说与剧本，是有一定的针对性和合理性的。

毋庸置疑，无论是小说还是剧本，以上几个关涉"霸王别姬"叙事母题的典型文本均属于同一的历史题材，它们共同构成了关于这一故事的"众声喧哗"的言说，它们之间的关系是一种相互矛盾、相互补充的"异质同构"的关系，其"同"指的是"霸王别姬"相对稳定的故事情节，其"异"所指就是作家对这一故事的改写以及基于改写基础之上的"别有用心"的创作意图,这些主观意图体现了 20 世纪几个特定时期的时代精神以及作家创作的现代意识。有人认为,历史题材的创作不具有现代意识,因为它们描写的是过去的历史生活,而现代意识则是近代社会物质现代化的产物。其实,这种观点是不正确的。一方面,母题精神价值的现代意识主要源自创作主体而非母题本身,不同时代的作家因历史、思想的局限性和差异性以及个人主观体验的不同,对于同一题材的创作就会有不同的价值倾向和情感立场。司马迁、郭沫若、张爱玲、潘军等人对"霸王别姬"的理解和评价因各自的差异性以及创作语境的不同而大相径庭。另一方面,历史题材文本的创作叙述的虽然是过去的故事,却与传统历史文化有着难以切割的精神联系,甚至可以说是"文化寻根小说"或"文化寻祖小说"。作家们描写的虽然是几千年前的历史,但历史并没有终止其现实意义,它的巨大投影沿着时间之维刺向了今天,并且继续射入未来。海德格尔认为:"历史意味着一种贯穿'过去'、'现在'与'将来'的事件联系和'作用联系'。"郭沫若、张爱玲、潘军等人用现代思想观念照亮了"霸王别姬"母题所蕴含的现代品格,从而能动地参与了时代的精神文化消费,创作出了与时代对话的艺术作品。

作为历史题材创作,"霸王别姬"母题现代流变与阐释的精神价值主要体现在以下三方面:首先,从"霸王别姬"母题本身的审美追求与文学所要体现的当代性上考虑,项羽和虞姬的故事讲述的虽然是过去式的"古",但就其主题意蕴而言,它应该属于现在时态的"今"。因为叙述一个历史故事,单单追求曲折离奇的故事情节,吸引读者的注意力是很容易的。但这样的小说往往好看而不耐看,因此不能成为历史题材小说创作的理想模式。真正的理想模式应该是寓意义于故事的叙述当中,如黑格尔所说的将"普遍意义"显示给后人,以求得过去历史与当代文本有一种精神上的联系,否则,历史题材小说就很有可能陷入庸俗化的泥沼,难以获得恒久的艺术魅力。白桦的《西楚霸王》和潘军的《重瞳——霸王自叙》,塑造了一个人性化的项羽,有缺点、有情感,符合现代的人性理念;张爱玲的《霸王别姬》以虞姬为视点人物,展示了一个女人真实的情感与对自身生存状态的反思,充分显现了作家的现代人文关怀。他们的改写拨开了历史的迷雾,显示了真实人性的复杂与丰富,具有穿越时空的普遍意义与价值。

其次,从"霸王别姬"母题本身的审美追求与作家主体精神力量这一层面上考虑,作家的主体精神对小说的创作具有至关重要的作用。任何历史题材的创作与现代性的实施,都要通过创作主体来实现,因此,真正的好作品必定是由具有高素质和精神力量特别强大的作家创作出来的。古罗马的文艺理论家朗吉弩斯就曾说过,伟大作品是伟大灵魂的回声。当然，历史题材创作也不例外。天才少女张爱玲以其早熟的女性意识书写了"姬别霸王"的反传奇，在文本中，女性意识觉醒背后蕴含着要求男女平等、民主的现代理念，这都体现了创作主体精神力量对文本现代意识的决定作用。

最后，从"霸王别姬"母题本身的审美追求与历史规范这一层面考虑，作家要处理好"史载"与"想象"的关系。所谓"历史规范"，并非要求历史题材创作悉按史载、依史而作，而是要求遵循基本的历史史实和是非，不做漫无边际的虚构与玄想，与所要描写的对象之间保持一种"异质同构"的关系。这种规范，从积极意义上讲，增强了作品的历史感，并从中接受历史原生美、客观美的馈赠以充实自己，求得与读者情感与心理上的沟通；从消极意义上看，它不同程度地给作家的创作增添了其他题材创作所没有的特殊难度，造成主体创作精神的压抑，使作家很容易陷入进退两难的尴尬境地。真正高明的作家能够恪守历史规范之所禁，将规范化为审美的内在动力与需要，创作出优秀的历史题材作品。作家潘军在谈到《重瞳——霸王自叙》时曾经说过，在创作这篇小说之前，他花费了几年的时间，潜心收集整理了有关项羽故事的能找得到的所有资料，光《史记》就通读了好几遍，并到鸿沟（鸿门宴）进行了实地考察。在充分了解了必要的"历史规范"后，他才开始了自己小说文本的艺术探索，他让死去了几千年的项羽开口讲述自己的故事，听起来匪夷所思，纯粹是瞎编乱造，但读者阅读后却能受到强烈的心灵震颤。

客观来说，母题作为原型批评的核心概念之一，处于不断变化发展的生命状态，这跟母题蕴含的原型因素有着不可分割的关系。具体到"霸王别姬"母题，"死亡与爱"之主题的相互"异延"是其内在动力，也是它长期存活于传统文化视野之内的深刻原因。而且，"霸王别姬"母题的现代流变以及精神价值的生发与延续，也源于这一母题基因强大的辐射作用。

"死亡与爱"是世界文艺发展史上保持恒久魅力的主题话语，这一点无论东西方都是一样的。西方从莎士比亚笔下的"罗密欧与朱丽叶"到中世纪的骑士传奇和英雄史传，再到近代席勒式的"阴谋与爱情"，其实都表达了"死亡与爱"的交织与缠绕这一主题；中国古典文学中涉及"死亡与爱"之主题的作品相对较少，但其影响力却同样不容忽视，从《孔雀东南飞》中的焦仲卿与刘兰芝，到传唱千年的《梁祝》，再到《杜十娘怒沉百宝箱》等，也都形象地展现了"死亡与爱"的交织与渗透这一主题。"死亡与爱"为什么会成为如此具有吸引力的哲学范畴？这要从人类心理学的角度进行剖析。现代的心理学认为，人之所以不愿接受死亡这一残酷现实，是因为不能接受人类在仇恨中走向毁灭的结局，人类如果有希望得到爱，就能在爱中坦然地接受死亡，而且，他们也不希望在压抑的仇恨中将自己的死亡本能转化为毁灭他人的冲动。可以说，没有爱，人类便失去了存在的意义，而生存也失去了应有的价值。从另一方面考虑，倘若没有死亡意识，爱就不会被激活，于是也会失去沉重与深刻的价值与活力，显得单调而肤浅。可以说，死亡是手段、是过程，而爱才是目的，才是死亡美学价值的最高体现。弗洛伊德也认为，爱欲与死亡本能之间有着不可调和的冲突，有人利用死亡压抑爱，而有的人却利用死亡使爱欲得以实现，因此历史上就形成了两种不同性质的"死亡"：善与恶的死亡意识或实践。

"霸王别姬"的死亡意境具有两方面的意义。"死亡"与"爱"在文本叙述中的相互激活，不但增强了艺术的感染力，而且深化了故事表达的文化内涵和人物的人格深度。一方面，项羽和虞姬的自杀缘于外界"大兵压境"的逼迫。他们的死亡是一曲对爱情的赞歌，是对导致"死亡"外在压迫性因素的一种极端反抗，在审美情感上，以美好爱情的无情毁灭给读者带来心灵的震颤，激发并延长了"爱"在读者心目中的情感回应。另一方面，从人物形象的角度尤其是虞姬的角度考虑，"霸王别姬"的死亡意境着意创造了一个爱对死亡的皈依、吁请死亡帮助的意向，以此使人相信：死亡唤醒了爱，催生了爱，虞姬对项羽的爱因她的自刎得到纯化与升华。

不可否认,"霸王别姬"是一曲充满诗意与浪漫的爱之绝唱,也是一曲浸透着美和善的绝唱,更是一次爱情对死亡的沉重祭奠,在死亡阴暗背景的衬托下,项虞的爱情愈显得凄艳迷人。当然,"霸王别姬"在表现爱对死亡的同时,仍然没有忘记将死亡描绘得富于美感和诗意,在浪漫与激情相互交织缠绵的艺术氛围中,让处于冰炭不相容的死亡与爱在美的艺术中获得和解,它们共同被精神升华并达到一个氤氲般的审美境界。可以说,正是死亡与爱的相互"异延"促成了"霸王别姬"这一曲死生契阔、曲终人散的千古绝唱。项羽在穷途末路之际,慷慨悲歌:"力拔山兮气盖世。时不利兮骓不逝。骓不逝兮可奈何!虞兮虞兮奈若何!"真可谓英雄气短!更让后世人感慨的是虞姬为爱赴死的儿女情长:"大王意气尽,贱妾何聊生。"可以说,项羽的"义"和虞姬的"情"感动了千载之下的芸芸众生,也使得这个故事世代流传。

总之,"霸王别姬"母题的现代流变与阐释体现了一定的现代意识,如人性化、民主、平等、科学、理性等等,当然,在流变的过程中,也不乏一些落后、庸俗甚至腐朽的思想。这些思想值得我们反思和借鉴。"霸王别姬"母题精神价值的生发与"死亡与爱"的原型因素密切相关,正是"死亡与爱"的交织与缠绕使"霸王别姬"及其相关情节成为一个保持恒久艺术魅力的母题。

注释：

[1]汤普森.世界民间故事分类学[M].上海：上海文艺出版社，1991.

[2]浦安迪.中国叙事学[M].北京：北京大学出版社，1996.

[3]司马迁.史记[M].郑州：中州古籍出版社，1996.

[4]杨义.中国叙事学的文化阐释[J].广东技术师范学院学报.2003（3）.

[5]俞香顺.项羽的"第三种面目"：有关项羽的几则材料钩沉[J].中国典籍与文化.2002（2）.

政治话语与时代语境的契合
——论郭沫若短篇小说《楚霸王自杀》

进入 20 世纪以后,西方各种社会思潮、价值观念冲击着传统文化,新思想、新理论以及看问题的新视角的引入使得人们开始质疑、反思传统文化。承载着深厚传统文化因子的"霸王别姬"母题一开始就成为一些敏感作家关注的对象,他们借助"霸王别姬"这一家喻户晓的故事模型,把自身对传统文化的批判与吸纳,对现实的感受与反思整合起来,纳入一个公共的人所共知的形象体系即"霸王别姬"母题中,通过对传统"霸王别姬"中各个叙事元素的填补与颠覆性重说(主要是人物形象与情节设置两个方面),实现各自"别有用心"的意图改写。较为典型的文本主要有:郭沫若的短篇小说《楚霸王自杀》、张爱玲的少作《霸王别姬》、白桦电影剧本《西楚霸王》、潘军的先锋小说《重瞳——霸王自叙》。这些作家虽然身处不同的写作语境,却不约而同地选取了"霸王别姬"这一传统故事模式作为再创作的对象,其目的并不是复写司马迁曾经写过的这个历史故事,而是借助这一历史题材,把各自独特的生命体验和时代精神灌注其中。可以说,他们对这一历史"故事"进行了各自的"新编",实现了对"霸王别姬"母题流变的历时态的观照,通过对项羽、虞姬以及刘邦、吕雉、韩信、范增、钟离昧、乌江亭长、田父等相关人物形象的"补白"与重说,完成了对"霸王别姬"母题的现代阐释。通过对20世纪"霸王别姬"母题流变过程进行考察并对典型文本进行有效的叙事分析,一方面,可以从"霸王别姬"这一相对稳定和完整的故事情节中感受时代风云变幻对于作家主体精神或明或隐的影响,另一方面,对于"霸王别姬"这一母题本身来讲,它的许多意义侧面在叙事流变的现代性阐释中被揭示出来,也是对这一母题的增益。

"霸王别姬"故事本身附属于刘邦和项羽的军事斗争,是这场宏大政治事件中的一个小插曲,因此,从政治角度展开对历史人物项羽、虞姬、刘邦、吕雉等人的评说一直以来都是人们所喜好的一种方式。20世纪初,虽然西方新思想的引介大开了国人的眼界,但由于长期以来受根深蒂固的儒家思想的影响,大部分人在衡量与评价刘项之争时依然站在传统价值观立场上,贬项褒刘,如发表在1915年1月25日《中华教育界》第4卷第1期上的李永蘩的政论文章《高祖英明难制吕后之悍项羽残暴竟得虞姬之贤论》就颇具有代表性。1936年2月,远在日本的郭沫若借助这一历史题材,也创作出了一篇颇具政论色彩的短篇小说《楚霸王自杀》。

在这篇小说中,郭沫若以项羽自刎乌江的史实为依托,合理发挥主观想象,对项羽自刎于乌江这一历史场景进行了改写。其改写之处主要有两点,其一是虚设了两个人物形象:一个是乌江亭长,另一个是项羽受伤的部将钟离眜。

在司马迁的《史记·项羽本纪》中,正当项羽穷途末路、望江兴叹之际,乌江亭长适时而出,从天而降,为项羽提供了一条逃生之路:

> 于是项王乃欲东渡乌江。乌江亭长檥船待,谓项王曰:"江东虽小,地方千里,众数十万人,亦足王也,愿大王急渡。今独臣有船,汉军至,无以渡。"项王笑曰:"天之亡我,我何渡为!且籍与江东子弟八千人渡江而西,今无一人还,纵江东父兄怜而王我,我何面目见之?纵彼不言,籍独不愧于心乎?"[1]57

明眼人一看即知,这是"太史公"有意的曲笔写作。为了把项羽塑造成一个舍生取义的英雄,为了完成对项羽传统道德化身的完美人格的塑造,司马迁不惜弃史官之"春秋笔法"于不顾,运用文学的合理想象设置故事的细节,于细节中展示人物恪守信义的传统美德。可以说,在《史记·项羽本纪》乌江自刎这一场景中,乌江亭长只是凸显项羽恪守信义这一人格魅力的一个陪衬性符码,其叙事功能就其本质而言是为项羽的"生"提供一种可能,而他自身只是一个符号,是叙事功能链条上可供替换的一环。而乌江亭长作为故事中的一个人物形象却是模糊的,甚至可以说是空白的,是存在"补白"可能性的。到了郭沫若笔下,乌江亭长的形象变得鲜活、生动,这显然是经过了作者有意的刻画与增补:"港里划出了一只没篷的小船。划船的是一位中年人,虽然也打扮着船家模样,但他的风度却和寻常的船家不同。他的面貌清癯,在广宽的额下一双眼睛含着智的光辉。"[2]164 这位"眼睛含着智的光辉"的乌江亭长在随后的故事演进过程中,自坦身世:"我只是这儿的一位读书人。不过亭长已经跑了,我就算是亭长,也可以的。我今天来本是没怀好意的。……""本是想把他(项羽)诱到江心去,我到江心再把船弄翻,然后和他两人同归于尽。"[2]173 值得注意的是,这位"居心叵测"的乌江亭长,从一出场就在气势上把英雄项羽给压制下去了,他以读书人的气度指点江山,批评时政:"只要你(指项羽)把你目前的这种仁心,以后推广出去,真真正正把天下的人打救起来,真真正正把还在水深火热之中的天下的老百姓放在你的念头上,以你的雄才大略专于用来救世济人,我看不要说天,什么人都是 会帮着你的,江东的父老也一定会帮助你的,现在还不迟啦。……" [2]167 可以说,在他的身上,我们看到了郭沫若指点江山、激扬文字的影子。1936 年的郭沫若,远在日本。当时日本国内到处弥漫着军国主义的气息,郭沫若那颗敏感的心似乎也察觉到了中日两国之间一触即发的大战的讯号,对政治始终抱有热情的他在民族危亡的多事之秋当然不会无动于衷。当时郭沫若正醉心于甲骨文、青铜器铭文、石鼓文的考释工作，龚济民、方仁念在《郭沫若传》中也认为，对古文的考释工作"大大有助于他对历史的研究，同时也为文艺创作准备了条件。他是喜欢以历史人物为题材而从事创作的"[3]181。可以说，从郭沫若创作这篇小说时的历史背景与个人境遇判断，借历史人物讽喻政治的改写意图不言自明。

郭沫若虚设的另外一个人物形象是项羽受伤的部将钟离昧。在《史记·项羽本纪》中，确有项王临终托付乌驹于乌江亭长的记载："乃谓亭长曰：'吾知公长者。吾骑此马五岁，所当无敌，尝一日行千里，不忍杀之，以赐公。'"[1]57-58

但是关于钟离昧却是只字未提的。这一人物在郭沫若小说中的凭空介入，也是作者为了叙述的需要，特意安排的。乌江亭长取代项羽成为小说叙述的核心人物之后，按照情节的发展，他载着项羽赠送的乌驹远离江岸，在江心漂荡的小舟上观看乌江畔这场惊心动魄的生死搏杀，观看"力能扛鼎气拔山"的霸王如何慷慨自刎。按照叙事的内在逻辑，颇具评说欲望和布道冲动的"读书人"——知识分子——乌江亭长不仅要"看"，而且要"说"，"说什么"已不是作者在叙述过程中需要再冥思苦想的问题，因为作者在创作这篇小说之前，答案就已成竹在胸了，关键是"如何说"，乌江亭长不可能对着自己身边项王赠送的战马发一通"仁爱得民心，得民心者得天下"的宏论，鉴于此，郭沫若设置了这样一个情节：霸王项羽临别不但赠送千里良驹给乌江亭长，而且请求亭长将其受伤部将钟离昧送过江去。这样一来，在乌江亭长那只恰好只能载"一人一骑"的小舟上，就不只是有他一个人和一匹马，他身边还有一位与项羽有着亲密关系的人，所以乌江亭长完全有理由对着身边这个比他更为关注项羽生死的钟离昧发表一通与霸王之败相关的政治演说。"你要晓得，现今的老百姓，尤其我们读书人，对于项王，哪一位还怀着有好意呢？是他自己把民心失掉了。他起初是很好的，很得民心的。"钟离昧这一人物的设置，从故事情节上说，为乌江亭长指点江山，批评霸王个人英雄主义的政治演讲提供了一个"受训对象"；从叙述功能上讲，是作者虚设的一个假想"听众"，是作者力图要唤醒、要启蒙的愚昧的民众。郭沫若写作这篇小说的目的其实就是想借历史题材讽喻政治，号召国内停止内战，一致抗击日寇的入侵。在随后的情节发展中，钟离昧看到项王自刎乌江后，也想拔剑自刎，追霸王而去，乌江亭长是这样劝慰他的："现今天下的人还在水火里面，北方的匈奴尤其在跳梁，我们现在正是需要着有不怕死的精神而以济人救世为怀的武人的。你的责任还很重大，不应该做这样无责任的事。……"[2]175 此处的"北方的匈奴"指涉的就是在北方一直虎视眈眈地觊觎着我东北三省甚至整个中国的日本。

乌江亭长与钟离昧这两个人物的设置，在小说中的意义是双重的，乌江亭长读书人的身份赋予作者一种言说的便捷，作者可以名正言顺、令人信服地借乌江亭长之口评述时政。而钟离昧名字本身就颇具深义，"钟离昧"与"终离昧"谐音，暗指那些被国民党"攘外必先安内"反动政策所蒙蔽的愚昧的国民，要摆脱蒙昧，看清时势，做出正确的选择。可以说，这两个人物的设置，在叙述策略上形成了一种"应答叙事"，乌江亭长启蒙者的姿态对应钟离昧被启蒙对象的身份，两人一问一答的叙述模式耐人寻味，俨然一幅现代文学中知识分子"化大众"的熟悉场景。两个"子虚乌有"的人物形象的设置，另外一重意义是为故事场景虚设了一层"真实的外衣"。通过故事中人物的眼睛来观察乌江畔的搏杀，并且通过人物之口把所看到的场景及时地向另外一个人转述，给读者造成一种紧张刺激的"在场"的感觉。在"应与答"的两极，观察与讲述者是立在船头的乌江亭长，听众不言自明，是身负重伤的卧在船尾的钟离昧，他因为受伤而丧失了观看能力，只能靠乌江亭长的转述来了解项羽搏杀的即时战况，这一点也颇耐人寻味。钟离昧的受伤看来也是作者"别有用心"的巧妙安排：一方面，他适时的受伤在情节设置上只能卧在船尾当一个被动的"听众"；另一方面，"受伤"又隐指他的身份是启蒙的对象。客观地讲，乌江亭长与钟离昧之间的"应答叙事"有效地避免了全篇第三人称外在叙述所造成的说教色彩浓而真实感淡薄的缺陷，为读者展示了一幅激烈的生死搏杀的图景：

——"……就给冲进了羊牢的一群猛虎一样啦。哦，只见人在倒，马在倒，敌人溃乱了，就像一群朝王的蜂子啦。"——"项王呢？项王呢？"钟离昧焦急着问。

——"看不清楚啦。……这马有点啰嗦，船又不近……哦，还在，还在。他最厉害，他是没有戴将军盔的。……"

——"哦，那不危险！"

——"真不愧是身经百战，力能拔山的大王。………"

——"项王？项王？项王没受伤吗？……"

——"……哦哈，他把盾牌也抛弃了，抓着敌人在当盾牌。只见人在飞，人在飞，……"

——"项王呢？项王呢？"

——"他还没倒。但他的头受了伤，满脸都是血。他还是提着人在掷……"

——"项王呢？项王呢？"

——"只剩下他一个人了！他还在提着他周围的死人死马乱掷……"[2]169-170

在这里，我不惜大段引用，是想说明，钟离昧连续四句急切地询问"项王呢？项王呢？"表面上看，表现了他作为一位士兵，对将军项羽的忠诚与爱戴，更深一层是想指出，钟离昧与乌江亭长的一问一答，所营造出来的紧张刺激的气氛和戏剧化的场景，在读者的想象空间中所制造出来的场景的层次感、立体感，都使小说在叙述艺术上增色不少。

郭沫若对"楚霸王自杀"改写的另外一点是对于"天亡霸王"这一天命观的质疑与反驳。在《史记·项羽本纪》中，项羽在自杀之前，曾经悲壮地把自己的失败归咎于冥冥苍天，因为他不甘心也不相信他最终是被他平时最看不起的不守信义的刘邦打败的。所以在持剑自杀之前，他怨气满腹且迷惑不解地向苍天诘问："天亡我，非用兵之罪也。"太史公站在史家的高度，较为客观地评价了项羽失败的原因，"自矜功伐，奋其私智而不师古，谓霸王之业，欲以力征经营天下，五年卒亡其国，身死东城，尚不觉寤而不自责，过矣。乃引'天亡我，非用兵之罪也，'岂不谬哉！"显然，他是不同意项羽所认为的"天亡我，非战之罪也"这一观点的，在他看来，是项羽骄傲自大、刚愎自用的个性导致了失败，简单地说，项羽的失败就是一出典型的个人英雄主义的性格悲剧。但是在郭沫若看来，项羽失败的原因主要是他把民心给失掉了，这就明显地带有现代思想了。在《楚霸王自杀》这篇小说中，郭沫若借乌江亭长之口，这样评价项羽的失败：

"但他（项羽）始终不悟，他偏以为是天老爷要亡他，哪晓得是他自己做错了，怎么怪得天呢？天是不说话的，项王名下的是这个天，汉王名下的也是这个天。但是老百姓却要说话，只顾自己的权势，不管老百姓死活的人，是走着自杀的路。项王是一个很好的教训啦。……"[2]174

在这里，我们可以清晰地看到，郭沫若不但否定了"天亡霸王"的天命观，而且为项羽为何败于汉王刘邦找到了一个更为恰切的理由，那就是"失掉了民心"。项羽失败的原因是因为他在推翻暴秦之后，火烧阿房宫，在新安坑秦降卒二十万，这些残暴的行为导致了民心的离散，进而导致了他的速亡。顺着这条线索继续深挖，我们不难发现，郭沫若此处不仅仅是对历史人物项羽的评说，他所暗指的是"只顾自己的权势，不管老百姓死活的人"，也就是当时一心推行"攘外必先安内"反动政策的国民党反动派。他不无警告地预言他们"是走着自杀的路。项王是一个很好教训啦"。郭沫若一直认为文艺不能脱离"时代的中心要求"，必须为重大政治斗争服务。他曾经指出："现实主义并不是单纯的写实主义，它必须'彰善瘅恶，树之风声'，因而它的骨子里不免有'刺'。中国的儒家经典《诗》三百篇，差不多没有一篇没有'刺'。'刺'对于文艺存在可以说等于自然属性。"[4]102 由此可以看出，郭沫若在小说中所表现出来的"刺"，虽然不像鲁迅杂文一样"像匕首，像投枪"般犀利，但同样可以刺穿国民党反动派的要害部位，让当时麻木的国民直面惨淡的现实和淋漓的鲜血。

值得注意的是，在小说的开头与结尾，有太阳、白雪、长江三种事物反复出现，而结尾也同样出现了对于太阳、白雪、长江三种事物的白描和拟人化对话。应该说，太阳、白雪、长江三种自然界的事物在郭沫若笔下构成了三种意象，其功能不仅是为故事的发生设置适当的背景；太阳、白雪、长江三种事物深一层分别隐指楚汉战争时的民心、英雄项羽、读书人乌江亭长，既然这篇小说连郭沫若自己也承认其"目的是注重在史料的解释和对于现世的讽喻"，那这三种意象指涉的就不仅仅是历史人物，正像前面分析的那样，"骄矜"的白雪"只图巩固自己的位置"，不言自明，白雪影射的是"挟着污秽一道流来"的国民党反动派，而"新生的清早的太阳"当然象征人民群众的伟大力量，"在沉毅的声浪中吐着他的赤诚的劝告"的长江其实就是作为知识分子的郭沫若本人的隐喻。在内忧外患、国难当头的时刻，对祖国母亲怀有赤诚之心的郭沫若满怀救亡图存的报国之志，他借古人讽喻现世，借古事影射现实，从而曲折而强烈地表达了中国人民反对法西斯暴政、反对内战、反对侵略、反对妥协投降的现实要求，写古人而实为"夫子自道"。但是客观来讲，郭沫若这篇政治讽喻小说图解政治的色彩过于浓郁，人物较多漫画式或概念化，作品思想有余而形象不足，带有即兴随笔的成分，不过作品构思之大胆和想象之奇特是难能可贵的。

毋庸置疑，郭沫若对项羽败亡的"再记述"明显受到了当时政治因素的影响，虽然其艺术视野还基本局限在传统价值观念的框架之内，但对项羽形象的重新定位及相关情节的改写，使得"霸王别姬"母题意蕴得到了一种"暗示"，获得了可以进一步生发的逻辑起点，我们可以从现代的历史观念出发对这一母题做出新的阐释。这使我们明白，"这一个"西楚霸王绝不是"霸王别姬"母题文本的唯一选择，更不是最终选择。它只是当时的人——郭沫若感受到的项羽，也就是说，"霸王别姬"母题的灵魂并不安定，它时刻寻求、盼望着新的腾跃。

注释：

［1］司马迁.史记[M].郑州：中州古籍出版社，1996.

［2］巴金.中国新文学大系（1927—1937）[M].上海：上海文艺出版社，1984.

［3］龚济民，方仁念.郭沫若传[M].北京：北京十月文艺出版社，1988.

［4］郭沫若.郭沫若全集：第13卷[M].北京：中国社会科学出版社，2022.

视点人物的改换和女性意识的彰显
——论张爱玲短篇小说《楚霸王自杀》

1936年，在中国文坛上出现了两篇属于"霸王别姬"母题叙事范畴的小说，一篇是上面谈到的郭沫若的《楚霸王自杀》，另一篇则是张爱玲的少作《霸王别姬》。张爱玲的《霸王别姬》首次发表在1936年上海圣玛丽亚女校校刊《国光》上。初看之下，这只是一个十六岁少女稚嫩的"雏凤清声"，但这篇小说在张爱玲整个创作中的意义却是极为重要的，它不但是张爱玲女性意识觉醒的标志，同时也奠定了她日后创作的基本的女性主义立场。学者刘思谦在《娜拉言说》中曾说："《霸王别姬》表现了张爱玲早熟的女性意识……这篇短短三千来字的少作，奠定了她以后以女性书写反神话这一基本的创作倾向。"[1]299-300 张爱玲研究专家林幸谦在《荒野中的女体——张爱玲女性主义批评Ⅰ》中也曾指出："虞姬的形象是张爱玲以后形象系列的原型，具有非同寻常的意义。"[2]120 由此不难看出，这篇小说在张爱玲整个小说创作中的重要意义。

一、"姬别霸王"：主体与客体的置换

从语法层面上解析，我们知道，在"霸王别姬"这一叙事母题中，很明显地存在着两个主体，即"霸王"与"姬"，

"霸王"也即英雄项羽,是主语,"姬"也即美人虞姬,是宾语,二者缺一不可,离弃了任何一方,都不能构成"霸王别姬"完整的语法结构和故事情节。但是,长期以来,在这一典型的"英雄美人"模式中,霸王项羽和美人虞姬一直处于一种主体失衡的状态。与光彩夺目的英雄相比,虞姬只是一个黯淡的陪衬性符码,是失衡的一极,是只有借助于太阳的光辉才能够发光的月亮。比如在《史记》中,关于虞姬的描述只有寥寥数句:"有美人名虞,常幸从;骏马名骓,常骑之。于是项王乃悲歌慷慨,自为诗曰:'力拔山兮气盖世,时不利兮骓不逝。骓不逝兮可奈何,虞兮虞兮奈若何!'歌数阕,美人和之。"[3]57 可见,即使在这一点可怜的交代中,虞姬也仅仅是作为一个类似于乌骓马的物而不是作为一个人存在的,她存在的意义也仅仅是为了"和之"。更有甚者,在民间流传的诸种野史传闻中,素来就把虞姬看作是导致项羽落败的"红颜祸水",这样一来,英雄落败便有了合情合理的借口,女人作为"祸水"承担了太多"莫须有"的恶名。造成这种"荒谬"历史事实的原因是多方面的,而书写历史的权力掌握在男性手中是其中最为直接的一个原因。其实,检阅历史,我们就会发现,被忽略、被任意涂改甚至被妖化的历史女性又何止虞姬一个人!两千多年的历史对于女性而言,可以说是有真实的个体生命存在但没有历史的存在,正如刘思谦老师所认为的那样,历史就像一条幽暗漫长、深不可测的黑色隧道，女性在这条黑色隧道里，不是被毫无声息地吞噬掉，就是被任意地涂抹、扭曲。

刘小枫把伦理学分为理性伦理学和叙事伦理学两种，他认为："理性伦理学探究生命感觉的个体法则和人的生活应遵循的基本道德观念，进而制造出一些理则，让个人随缘而来的性情通过教育培育符合这些理则。叙事伦理学是讲述个人经历的生命故事，通过个人经历的叙事提出关于生命感觉的问题，营构具体的道德意识和伦理诉求。它通过叙述某一个人的生命经历触摸生命感觉的个体法则和人的生活应遵循的道德原则的例外情形，某种价值观念的生命感觉在叙事中呈现为独特的个人命运。"[4]3-4 按照刘小枫的分类及定义，我们发现，无论是史书上还是野史中对于虞姬的记载和评价都是理性伦理学记录的结果，是离弃了个人的生命感觉和经历，舍弃了个体独特的命运和生存状态后的一种普泛的强制判断。可以说，理性伦理的历史记载无视虞姬作为一个女性主体丰富的生命感觉，忽视了她作为一个女人的生命隐秘和个人梦想。

然而，张爱玲关于"霸王别姬"的叙事则属于叙事伦理学范畴。故事依然是楚汉战争中最扣人心弦的一段，英雄末路、儿女情长。但细细读来，却发现张爱玲关于"霸王别姬"的叙述似乎缺了点什么，同时又好像多了点什么，与传统文化想象场景中的"霸王别姬"相比，别有一番意味。同样的题材，同样的人物，为什么会产生这样不同的阅读感受呢？依照叙事学的有关理论，我发现，这是因为张爱玲在文本叙述中改换了视点人物的缘故。视点在叙事学中是一个十分重要的概念，又被称为观点，即观察的出发点，类似于光源，所以视点人物有时也被称为观点人物。"视点乃是小说家为了展开叙述或为了读者更好地审视小说的形象体系所选择的角度及由此形成的视域。在小说的讲述过程中，作者必须通过角度的选择和控制，来引导读者从最佳的角度观照、进入小说的现象世界。就此而言，视点意味着作者的选择与强调，甚至意味着作者的态度和评价。读者在阅读小说的过程中，往往要受到视点的影响，为作者所规定的观察角度所影响乃至同化。"[5]105 这说明从谁的视点观察或展开叙述的内容，势必就会用谁的尺度和价值观去评价观察的对象和叙述的内容，对于同一件事实，如果更换一个视点人物，便意味着小说的叙述切入点、主题、风格甚至视境的广度和深度都将随之变化。可以说，视点人物是作者和文本的心灵结合点，是作者将观察转化成讲述的功能切换方式和审美传感装置，它像神经中枢一样连接聚焦者和被聚焦者，调节着视距和视域，反射出思维模式和情感类型。张爱玲的少作《霸王别姬》，虽然仍旧采用传统全知全能的第三人称限知叙事，但其视点人物却选择了文本内的主人公——虞姬，也就是说，作者叙述的内容是经过了虞姬眼光观察的时空次序的有效编织与个人情感的"染色"后才出现在读者面前的,读者在阅读的过程中可以明显感到有一个"我"即虞姬的诗意存在。这一点非常重要,在"霸王别姬"传统母题的其他具体文本中,视点人物几乎无一例外地固定在英雄项羽身上。这种以男性人物作为视点人物的叙述策略,是从女性视角出发对传统文本叙述的一种惊人发现,它深层掩藏的是男权集体无意识地对女性的压抑。明白了这一点,我们就可以很容易地理解米歇尔·福柯所说的叙述方式与政治、性别紧密相关的诸种言论了。

在这里,首先需要澄清的一个问题是,视点人物并非叙述者,叙述者与视点人物的区别简单来说就是"谁说"与"谁看"的问题。在张爱玲的《霸王别姬》中,虞姬取代了项羽成为视点人物,虽然她在小说中不是叙述人,但她作为视点人物却从内部展开对故事场景、人物语言和动作的观察,这种内视点人物的叙述方式与传统外视点的第三人称限知叙事是有所区别的,所以给读者造成了一种别样的阅读感受。

相对于男性作家而言,张爱玲作为女性主体所独有的生命感受与生存体验,使她有可能跨越时空的阻隔,设身处地、将心比心地感受虞姬的喜怒哀乐,并对她们作为女性共有的或相似的生命体验做出合理的想象、揣度和再现。这种想象与传统男性历史文本中对女性的不切实际的、言不由衷的歪曲和想象大相径庭，也与某些男性作家对于虞姬别有用心的有意拔高有着质的区别。在张爱玲笔下，虽然叙述人不是虞姬，而是一个躲在暗处洞晓一切的万能的他者，他神秘、冷静，高深莫测，他甚至不愿意显露出丝毫的道德价值判断，努力以一种客观冷静的笔触为我们展示"霸王别姬"这一千古之别，但作为视点人物的虞姬却充当了感知的主体、思维的主体和情感的主体，我们可以从作者冷漠的笔触下依稀感受到有一颗温婉跳动的心，那是一颗女性生命意识觉醒了的心，是一颗具有强烈自省意识的心，是一颗想要伸展个人生命感受的心。

十余年来，她以他的壮志为她的壮志，她以他的胜利为她的胜利，他的痛苦为她的痛苦。然而，每逢他睡了，她独自掌了蜡烛出来巡营的时候，她开始想起她个人的事来了。她怀疑她这样生存在世界上的目标究竟是什么。他活着，为了他的壮志而活着。他知道怎样运用他的佩刀，他的长矛，和他的江东子弟去获得他的皇冕。然而她呢？她仅仅是他高亢的英雄的呼啸的一个微弱的回声，渐渐轻下去，轻下去，终于死寂了。[6]3

在这里，没有任何人能质疑字里行间闪现出来的一个女性对于自身存在价值的深刻思考，也没有任何人可以无视一个女性对于充当英雄伟大业绩的殉葬品的清醒反思。张爱玲以虞姬为视点人物，深刻自审作为一个女人，一个人，自我权利与价值丧失的悲哀。在这里，由于观察主体、感知主体与思维主体都是虞姬，所以读者很容易深入虞姬的心灵深处，和她一块体味生命的苦涩与苍凉。可以说，张爱玲以虞姬为视点人物进行内部剖析，赋予了虞姬以个体生命和观察者的主体地位，颠覆了几千年来父权制下"女人无史"的宿命，为我们重新认识历史、认识女性打开了一个新的视域。

二、"文本之外的文本"与女性意识觉醒的二重性

张爱玲在创作这篇小说时，仅仅是一位十六七岁的豆蔻少女，她选择虞姬作为小说的视点人物完全是一种非自觉的写作行为。她只是站在虞姬这一历史人物的位置上，悉心倾听、合理想象。但是，她在组织、安排小说的结构时选择以虞姬的视角展开叙述，应该说，并不是偶然的。张爱玲1920年出生在一个落魄的封建贵族之家，生母与父亲感情不和，离婚后长期定居欧洲，所以，张爱玲从小就生活在一个缺失母爱、备受压抑的"父亲的家"。她与继母素来不和，加上她想出国留学而遭到拒绝，更加激化了她和继母及父亲之间的矛盾。终于有一天，她因与后母斗气而惨遭父亲的毒打，并被父亲关禁在楼下小屋里长达半年之久。有一天，趁着父母不在家，她偷偷逃离出家门，与"父亲的家"彻底决裂，"赤裸裸地站在天底下"了。[7]168 童年时代创伤性的体验直接催化了张爱玲的早熟和早慧，也直接促使了她女性主体意识

的觉醒。可以说，张爱玲早年"传奇性"的个人遭遇构成了我们所要分析的短篇小说《霸王别姬》这一文本之外的另一重"文本"，而且，关涉到作家真实生活史的这一层文本的"传奇性"丝毫不比小说文本的"传奇性"差。这种"文本之外的文本"对于我们理解张爱玲在"霸王别姬"书写中所表现出来的女性意识的复杂性具有至关重要的作用。

在张爱玲对"霸王别姬"的改写中，虞姬的身份是双重的：霸王帐前的一个兵和烛光映照下的一个女人。兵的身份是异己的，却是显在的；女人的身份是真实的，却是隐在的。她跟随霸王十余年，白天征战，要听从霸王的各种军令，这是父语霸权下女性男性化的表征。晚上侍候霸王睡着之后秉烛巡营时，她才有了个体女性意识的复活，但这种复活后的女性意识却是以男性中心的话语来表达的，她没有自己的语言，就像月亮没有自己的光，要靠反射太阳的光才得以显现。"她仅仅是他的高亢的英雄的呼啸的一个微弱的回声。"[6]4 如果霸王的事业成功了，她将被贴上"贵人"这一灌注着男性意识标签的封号终身监禁，成为一个被蚀的明月，于是，自主的女人的身份失落了。如果霸王失败了，他最后的吩咐是"让汉军发现你，把你献给刘邦"[6]4。她成了两个父权集团的特殊的战利品，或者被杀，或者被一个"贵人"的封号囚禁而慢性自杀，于是，兵的身份也失落了。这双重的失落让虞姬感觉到了女性生命存在的荒谬与悲凉。这种萌芽的思想可以说既是小说文本中人物虞姬的，又是文本之外的作家张爱玲的，她和虞姬不但以同样的一种眼光审视着历史，而且在思想上对所看到的一切保持一种清醒的质疑与反思。

虞姬双重身份的失落虽然直接催发了她女性主体意识的觉醒，但她清醒之后却没有找到一条合理的出路，她只有以死来塑造自己的独立性与自主性，以死去穿透历史的重压，让隐性群体以惊人的方式凸显出来。虞姬悲剧性的命运显示了父语霸权的强大，同时也暗示着女性摆脱男性话语压抑与束缚的艰难性。

但是，"霸王别姬"完全可以以另外一种方式收尾，也就是说，虞姬完全有除了自杀之外的第二条路可以走，而且，在文本中，这种"别样的结尾"已经初显端倪："虞姬脸上凝结了一颗一颗大汗珠。她瞥见了布篷上悬挂着的那把佩剑——如果——如果他在梦到未来的光荣的时候忽然停止了呼吸——譬如说，那把宝剑忽然从篷顶上跌下来刺进了他的胸膛——她被自己的思想骇住了。"[6]5 彭公亮在分析张爱玲这篇小说时认为："虞姬之剑有两个功能性的效用：显性的自杀，隐性的杀霸王。"[8]337 的确，虞姬在其女性主体意识觉醒之后确有一种拒绝父语霸权的潜在冲动，但她却没有充分的动力和明确的方向，因为她觉醒后的女性意识的结构是以男性话语来修复和填充的，所以她甚至还被自己的那些具有女性主体意识的想法骇住了,还告诫自己"回去吧!只要看一看他的熟睡的脸,我就不会再胡思乱想了"。她终于还是回到了自己熟悉的父权话语体系之中,并最终在这套他者的话语中与自己刚刚获得的自主意识同归于尽。她终于没有能够走上另一条路。

应该说,虞姬在"自杀"与"杀霸王"的两难抉择中选择了前者而没有选择后者,与张爱玲对初醒的女性意识的认识的局限有关,更与当时的历史语境相契合。中国女性意识的觉醒与"五四"启蒙运动相伴相生,而且是其中一个重要的组成部分,这种融入整个社会理性启蒙与民族救亡运动洪流中的女性觉醒从一开始就处于一种"失语"的状态,走出"父亲之家"或者"丈夫之家"的新女性在社会的强势潮流中努力争取一种被男性认可的文化身份和独立的生命个体身份,并且,以能和男性一同参与社会改造为获得自身解放的标志。屈雅君认为:"以反封建为旗帜的中国'新女性'们与其男性盟友的斗争目标从一开始就是一致的,她们的立场从根本上说是民族的、大众的、社会的立场,而不是纯粹的女性立场。"[9]138 可以说,中国女性意识的觉醒从一开始就处于一种被社会主流话语淹没的"失声"状态。中国女性主义这种先天性的孱弱注定了它不能对父语霸权提出真正的挑战,不能建构起真正独立的、可以与父语霸权相对抗的女性话语,这也是虞姬觉醒后,甚至在产生了"杀霸王"的潜在冲动后，未能真正实施的深刻原因。

　　海德格尔曾经说过："语言是存在的家园。"即一切对于存在的认识，都是由语言来完成的。就女性书写而言，女性的诸种体验、情感都依赖女性话语实现。但是，几千年的父权制使逻各斯中心主义早已成为人类的集体无意识，渗透进包括语言在内的所有文化中。在父权话语的压力下，女性不能发出"自己的声音"，处于"失语"的状态。她们或作为"秦香莲式"的旧女子，遭到男权文化的压制与掩埋，成为"沉默的大多数"；或作为"花木兰式"的新女性，以"扮男"的形式僭越男权社会的女性规范，向男人看齐。"花木兰"们以牺牲女性本体为代价去换取社会价值，实质上是依照父权文化的成规进行错位的精神呐喊，是不自觉地向男性话语就范，本质上并没有夺回女性话语权。张爱玲虽然以女性特有的敏锐感受到了男权话语对女性主体的压抑，而且产生了强烈的反抗意识，但体现在虞姬身上的反抗行为却因未能摆脱千百年来强大的父语霸权惯性力量的牵制而以失败告终，"自杀"行为本身在某种程度上就是一种妥协与就范，是一种带有悲剧性意味失败。可以说，女性反抗父权社会的不彻底性与悲剧性一方面因为中国父语霸权惯性力量的持久强大，另一方面源于中国女权主义发生阶段的先天性不足。

　　但是，有论者在分析这篇小说时也指出了重铸女性之剑的可能性与有效性。彭公亮认为，在小说中，楚曲《罗敷姐》是一种隐喻，它暗示着女性之剑可以击破父语霸权的牢笼。在垓下合围中，汉军对着被围的楚军唱起了感伤的楚地民歌《罗敷姐》，谙熟古典文学的张爱玲把汉乐府中的佳人——罗敷移注到"四面楚歌"之中别有一番意味。可以想象一下，楚军在金戈铁马的捕杀中依然保持住了战斗的姿态，却在一曲罗敷曲中瓦解了斗志。彭公亮据此判定重铸女性之剑的可能性与有效性，应该说，彭公亮的分析虽稍显牵强，但也算合情合理。

长期以来，由于审视"霸王别姬"母题的视角是传统的男性视角，所以对这一母题意蕴的开掘一直难有大的突破。进入20世纪以后，西方文艺思潮的侵入及女性意识的觉醒，使"霸王别姬"母题获得更为宽广、幽深的母题意蕴。张爱玲从虞姬的视角出发展开对这一故事的重新讲述，不但戳穿了女性作为他者的真相，反思了女性生存的目的和意义，而且更为难能可贵的是，作品中所表现出来的女性主体意识觉醒之后却发现无路可走的危机意识，是对女性主体与现代社会语境复杂性关系的一种表征。可以说，张爱玲的改写为母题意蕴的生发提供了一个崭新的性别视角，使这座传统通向现代的桥梁，更为平坦、坚固、引人入胜。

注释：

[1] 刘思谦."娜拉"言说：中国现代女作家心路纪程 [M].上

海：上海文艺出版社，1993.

［2］林幸谦.荒野中的女体：张爱玲女性主义批评 I [M].桂林：广西师范大学出版社，2003.

［3］司马迁.史记[M].郑州：中州古籍出版社，1996.

［4］刘小枫.沉重的肉身：现代性伦理的叙事纬语[M].北京：华夏出版社，2004.

［5］李建军.小说修辞学[M].北京：中国人民大学出版社，2003.

［6］今冶.张爱玲小说[M].杭州：浙江文艺出版社，2002.

［7］冯祖贻.张爱玲传[M].石家庄：河北教育出版社，2001.

［8］彭公亮.女性主义文学及其批评的一种审察：以张爱玲《霸王别姬》中虞姬形象的个案分析为例[J].湖北大学学报.2004（3）.

［9］屈雅君.新时期文学批评模式研究[M].西安：陕西人民教育出版社，1997.

脸谱化形象的颠覆与心灵世界的敞亮
——以白桦剧本《西楚霸王》和潘军小说《重瞳——霸王自叙》为例

张爱玲在创作《霸王别姬》的时候,对于叙事形式方面的探索显然还处于茫然的"非自觉"状态,她只是觉得满腔的悲苦无以言表,借用历史人物虞姬来书写"霸王别姬"这一千古传奇,更宜于宣泄抒发胸中的不平之气,她没有想到,"非自觉"地选择虞姬作为视点人物的叙述方式使她的言说变成了"姬别霸王"的"反传奇",也奠定了她日后"反传奇"甚至"非传奇"书写女性生命体验的创作生涯。然而,白桦的电影剧本《西楚霸王》,无论在叙述视角还是叙述者的选择上,显然都已处于"自觉"的状态了。同样是对历史故事"霸王别姬"的"新编",在白桦的笔下却又是一番新面目了。

一、叙述的意味:白桦笔下项羽的多面性

美国作家詹姆斯曾经略带夸张地说:"讲述一个故事至少有五百万种方式。"[1]158 白桦的"讲述方式"与传统故事相比,主要有两点不同:一是叙述人是故事中的人物钟离季,在郭沫若笔下叫"钟离昧",他是项羽麾下的一员大将,也是唯一从十面埋伏、垓下之围中逃回江东的人,他亲历了从

项羽发难起事直至自刎乌江的全过程，由他事后向江东父老讲述霸王项羽的事迹，似乎有一种不容置疑的真实性。当然，小说叙述强调的是"谁在讲"，而叙事视角强调的却是"谁在看"，一个人既能讲又能看、边讲边看也不是难事，但是这样容易导致"讲"和"看"的相互交叉和混淆。白桦的剧本第二处与传统甚至与郭沫若、张爱玲、潘军对"霸王别姬"改写的不同之处在叙事视角的选择与处理上。虽然，叙述人是钟离季，但剧本中的叙事视角并非一直固定在他身上，而是根据剧情发展的需要，不断地由钟离季转移到其他人物如虞姬、韩信、项羽、范增等人物身上。这种为了故事叙述的需要，让叙述视角在不同的视点人物之间转换的叙述策略，赵毅衡称之为叙述的"跳角"，也就是申丹所说的"视角越界"。在白桦的剧本中，多重视角的透视以及戏剧化场景的描写，使读者仿佛亲临破釜沉舟、背水一战、鸿门宴、垓下之围、乌江自刎等历史场景，与人物一起沉浸在血与火、阴谋与爱情的煎熬与挣扎之中。

"跳角"所带来的多重透视效果，以及由此引发的视距的调节与视域的拓展，不但增加了叙事的真实可靠性，而且对于人物"圆整性"的塑造起到了至关重要的作用。对一个人物形象进行评价，不同的人会有不同的评价结果，传统单一的"全知视角"叙事中只有隐含作者一个人的价值判断，这无疑会导致一种价值判断的"霸权"，也易于导致人物形象的概念化、性格的扁平化。多重视域的开掘有效地避免了这一点,同一人物形象在不同人的视界中各有不同的面目,读者可以在阅读过程中综合考虑,从而在心目中形成一个更加真实立体的、更加符合人的本质化特征的"圆整"人物形象。白桦的《西楚霸王》,从题目上看,我们就知道,作者着力塑造的人物形象就是项羽这千百年来百说不厌、常说常新的历史人物。剧本的第一幕是百余位江东父老在乌江东岸,翘首盼望项羽归来的情景,当他们从钟离季口中得知项羽兵败身亡的消息以后,无不感慨唏嘘,跪伏在乌江畔,向西岸伏拜。可见,在江东父老心目中,尽管项羽已经兵败身亡,但他仍然是他们引以为豪的英雄。这百余位江东父老簇拥着钟离季,"走进苇丛之中,席地而坐",听亲历者钟离季讲述他们的英雄项羽的故事,钟离季一声长叹:"唉!从哪儿说起呢?五年前,我和赫赫有名的齐王韩信同是卿子冠上将军宋义的侍卫。冬天,寒风刺骨,阴雨连绵……"[2]68 就这样,钟离季开始了他的讲述,乍一看,颇似传统"说书人"叙事,但二者实有质的区别,钟离季不但是叙述人,而且是剧中一个不可或缺的人物形象,他参与了故事情节,是一个能动的"有所为"的叙述者。在文本中,钟离季作为项羽的使者出使汉营,中了陈平的反间计,以至于使项羽误解了亚父范增,范增被项羽驱逐,死于返乡的途中。失去了范增,项羽如同失去了左膀右臂,最终兵败身亡。从某种意义上说，钟离季在项羽失败这个问题上，也应该负有一定的责任。这一点足以说明，钟离季叙述者与剧中人物的双重身份，赋予他与文本之间一种特殊的关系，作为叙述人，他对文本有讲述的支配权，作为剧中的人物，他与文本又存在一种平等的对话关系。

在以钟离季为代表的江东父老们眼中，西楚霸王项羽是一位顶天立地的大英雄；可在刘邦、韩信们看来，项羽只是"一个把头颅系在画戟上的军人"（画戟：项羽使用的武器），只是"亚父范增手中的一杆枪"；而在虞姬的眼中，项羽却是一个极易犯错的"莽撞而又软弱的孩子"。可以说，项羽形象的"圆整"正是建立在不同人物眼中关于他性格不同侧面的基础之上的，这些性格侧面是并行不悖的，它们共同组成了一个血肉丰满的霸王形象。

五年的楚汉战争，钟离季不可能把发生在项羽身上的一切大大小小的故事都讲出来，况且电影剧本的体式也要求他的讲述不能事务俱细、面面俱到。事实上，剧作者只是让钟离季讲述了楚汉战争中比较著名的几个事件：击杀宋义、巨鹿之战、鸿门宴、霸王别姬、乌江自刎等，这些主要事件或者更准确地说是几个主要场景之间，并没有情节上的自然过渡，所有起承转合的标志是钟离季的"画外音"。画面是固定不变的："雪，楚天无际，乌江迤逦，一杆猩红的大纛，一匹墨黑的乌骓……"[2]68 而钟离季的声音却是随着故事情节的发展，不断发出一些带有倾向性的提示和评说，他的这些简短的故事提示与评说其实就是故事情节过渡的标志，比如：(画外音)"在战场上，十个汉王也不敢和大王对阵，一年的交战，汉王退守荥阳小城，断粮等援兵，向大王求和，大王又动了恻隐之心……""唉！大王终于没有杀掉太公，在我军兵败汜水，粮草被汉军抢掠一空，忍辱与汉王和约，归还吕后、太公。而汉王却背信弃义，击杀我军于东归的途中，大司马周殷，九江王黥布叛变投敌，兵败如同山崩，陷入十面埋伏，被困于垓下，仰天叹息望星空。"[2]70 一年之间发生那么多的事，钟离季两句话就过去了，并且言谈之中充满了对项羽万夫不当之勇的由衷赞赏，对刘邦的懦弱胆小报以冷嘲热讽。客观地讲，项羽也并不是那么完美，他做事犹豫不决，刚愎自用，这些缺点江东父老们包括钟离季却浑然不觉，当他们听到项羽悲壮的事迹时，只会发出一些唏嘘感叹，"芦苇丛中一片唏嘘叹息之声……"（重复数次）。可以说，项羽是他们心目中顶礼膜拜的英雄，是他们心目中勇武与信义的化身。

然而，在刘邦、韩信、范增看来，项羽虽有万夫不当之勇，力能拔山扛鼎之势，但不过是一介武夫，有勇无谋，不足为惧。韩信原为项羽手下一名侍卫，胸怀治国安邦之志，屡谏忠言，反被项羽视为"犯上"，最终"良禽择木而栖"，他投靠了刘邦，并且受到刘邦重用，成为灭楚最大的功臣。范增对项羽忠贞不贰,在楚汉战争的关键时刻屡次提出金玉良言,但是项羽刚愎自用,目光短浅,骄横自大,闭目塞听,无视范增的劝告,他释刘邦,焚阿房,烹儒生,屠咸阳,为日后兵败埋下了祸根。张良使反间计离间项羽与范增二人的关系,致使项羽误解了范增,范增怒而辞官返乡。虞姬在劝慰范增不要离开时,范增这样评价项羽:"堤岸是无能为力的,——对于江河的泛滥。容易满,是因为它太浅,因而也容易涸干……"[2]71 在范增眼中,项羽是一条泛滥的江河,自己是堤岸,因为江河太浅,所以他也无力阻挡项羽的失败。

在虞姬眼里,项羽虽然贵为上将军,但依然是一个"软弱的孩子"。虞姬作为项羽最亲最近的人,看到了项羽内心激烈的矛盾与冲突,看到了他性格背后普遍存在的人性的弱点。剧作者为项羽与虞姬设置了极富有浪漫色彩初次相遇。虞姬不再是凭空而降的人物,她本为赵国的皇室,但在秦国围困赵国时女扮男装,逃出巨鹿城,向楚军求救,恰逢楚军内部纷争,项羽斩杀宋义之时。剧作者借助虞姬的眼睛,第一次正面描述项羽的形象:"这时,一员体态魁梧、仪态高贵的战将,全副甲胄,按剑疾步而来。侍卫们在他如电般的目光下立即敛容肃立。"[2]73 这时候的虞姬,还不知道这位战将就是项羽,所以当得知他就是项羽时,"轻声自语地说:'啊!他就是力能扛鼎的项将军!当他走过我身边,就像漫天愁云之中，闪过一道雷电！'"[2]73 这是虞姬对于项羽初步的印象。随着故事情节的发展，虞姬越发了解项羽，在项羽残忍地把秦国二十万降卒坑杀之后，他内心也深感不安。他自怨自艾，黯然神伤："'在巧言令色的张良和奴颜婢膝的刘邦背后是他们独霸天下的贪婪，近日所有情报都表明，此时正是饿虎扑食之前，退为了进，假装着摇尾乞怜！我……为此还顶撞了亚父！呃！……虞！天下人都不会相信我项羽缺乏勇敢，虞！除了你，我没有勇气向任何人认错道歉……'项羽眼中闪射着泪光，屈膝跪下，虞姬拥抱住项羽。'大王！大王！'虞姬像疼爱一个软弱的孩子似的把脸贴紧项羽。"[2]76 从虞姬眼光出发，我们看到了一个与传统文化视野中大不相同的霸王形象，强悍的外表下掩藏着一颗孩童般脆弱的内心，高贵的身份让项羽丧失了承认错误的勇气：他已经认识到自己错了，却没有勇气向除了虞之外的任何人道歉，这是项羽性格的悲剧。

　　总而言之，白桦有效地利用了多重人物聚焦透视的方法，完成了对英雄项羽"人性化"的重塑，项羽不再是一个脸谱化的英雄，而是一个有缺点、有情感，内心常常充满激烈冲突的普通的人。黄发有认为："一个特定时代的小说文本的视角类型与叙事观念的转换互为表里，并与所在时代的精神状况遥相呼应。90年代小说中的旁知与隐知视角内含着受西方小说叙事模式与叙事理论影响的痕迹，但其根本的萌发动力显然源于 90 年代中国特殊的文化语境，它与处于大转型的夹缝中的作家的价值标向、感知方式、心理图式构成一种微妙的双向互动关系。"[3]356 可以说，这一形象的重塑与 90 年代初理想主义、启蒙主义的式微有着微妙的内部关联，显示了作家对于英雄主义的重新定位与思考以及对于理想主义的执着坚守。

二、绮丽想象与浪漫书写：潘军笔下的项羽及虞姬

顺着这一脉络发展，先锋小说家潘军比白桦更具浪漫主义情调和张扬的主体精神，他同样选择了"霸王别姬"这一传统题材进行重说，不同的是，他的中篇小说《重瞳——霸王自叙》显示出了更为强烈的重说冲动和补叙欲望。潘军对于自己这篇四万多字的中篇小说十分看重，他在《关于〈重瞳〉的一些话》这篇文章中认为，《重瞳》就个人的写作经验而论，是迄今为止让他在写作中感到最为舒畅的一部小说。他也曾不无炫耀地说："我有一部作品，就是 2000 年'中国当代文学最新作品排行榜'排第一部的，叫《重瞳》，副题叫'霸王自叙'。写的是楚汉相争、霸王别姬的故事，我只是把它写成了一种有意义的东西。……这个小说反响很大，到现在已经有 7 个版本的外文版，美国《世界日报》还在一个半月内连载了这部小说。"[4]30 这的确是一篇较为独特的小说，在这篇小说中，潘军没有像前人一样带着对历史负责的

使命感和强烈的现世目的,以一种治史的严谨态度来探讨、研究和复述历史,而仿佛是以一个诗人的身份,好奇地去接近历史,徜徉于历史虚幻和神秘的地带,将个人的感性的色彩尽情涂抹在历史人物项羽身上,随之化为诗意盎然、灵性跳动的文字。

客观来说,在这篇小说中,第一人称项羽自己的叙述带来了私密话语的表达效果,对历史的改写让人耳目一新但无哗众取宠之意,人物形象内心隐秘的自我展示,把项羽还原成了一个具有诗人气质的男人。另一方面,作为"霸王别姬"人物修辞关系的对应主体,虞姬在文本中的睿智、宽容、美丽,都近乎圣洁,这说明作者作为一个男性作家,超越了自然性别加诸自身的性别观念的限制,对女性表现出一种平等、宽容的现代情怀。其实,在潘军笔下,也正是虞姬这一形象的塑造使文本蒙上了一层极其浓郁的浪漫主义色彩,不致使对于冷硬历史的述说变得令人生厌。

《史记·项羽本纪》显存的叙述标志是"太史公曰",潘军的《重瞳——霸王自叙》却是项羽的"自叙"。叙述由"他叙"变为"自叙",叙述焦点由外焦点转入内焦点,作家由对外部事件的客观"讲述"转而为对人物内心隐秘的探访,这不但是《项羽本纪》和《重瞳——霸王自叙》在叙事艺术上的差异,而且也是 20 世纪小说与此前小说在叙事策略上的差异。如果我们对"重瞳——霸王自叙"这个题目仔细分析一下的话，就会发现这是一个暗藏玄机的标题。首先，"重瞳"是人的生理现象，人的每一个眼睛里都有两个瞳孔。传说长有重瞳子的人都是人中龙凤，非富即贵，而且视力发达，能够看得很远。项羽就是这样的一个人，司马迁在《史记》中这样记载："羽生重瞳。"以"重瞳"作为标题，作者似有深意，表面上是指项羽不同于常人的一个生理上的特点，更深一层的意思，也许意指：由生有重瞳子的当事人自己来说出自己的故事应该比别人的叙述更为真实可靠。当然，我们知道，这种真实，是文学的真实，而非真正的事实。其次，我们再来看小说的副标题"霸王自叙"，按照汉语语法学的归类标准，这是一个典型的主谓短语，主语是"霸王"，谓语是"自叙"。"霸王"指的是西楚霸王项羽，"自叙"是一个偏正式的动词词组，是"自己叙述"的简称。下面我就从解题入手，分"霸王""自叙"两部分，以叙事学的相关理论，展开对这篇小说的解读。

（一）"霸王"

潘军在《重瞳——霸王自叙》的序言里曾说："对小说叙事形式理解的不同，实际上意味着一个作家某种写作原则的确立。由于这至关重要的一点改变，小说逐渐脱离了传统习惯的故事框架而走向了对叙事空间的探寻与开拓。只有这样的小说才能构成一种文本的意义。小说的发展究其本质而言，也就是形式的发展。形式显示着一个小说家的思维方式与叙述能力,更表明他对这个世界的态度与立场。"[5]2 的确,选取死去了两千多年的项羽作为第一人称叙述者,并以他的视角、他的口吻重新述说楚汉相争这段历史,这无疑是一种独特的创造。这种形式上的创新不但增强了小说所营造出来的虚拟世界的真实性,更为重要的是,它为我们提供了一种充满诱惑同时又合情合理的叙事可能性。因为在文本中,项羽的亡灵作为一种特殊的存在形态,具有"人"与"超人"的双重品格。从作为"人"的品格这一层面上讲,亡灵是小说中的人物,是参与文本的人物性格与情感的延续与发展。由于是亡灵,所以可以不受时空的限制,可以洞察人世的一切,可以站在今天的立场上评述过去。从亡灵"超人"的品格这一层面来讲,第一人称"我"(项羽)的自知视角相对于传统的无形的叙事人来讲,是有名有姓的,虽肉身不复,但灵魂却是个性化的。且看项羽自己对自己的评价:"我不是像你们印象里的那个'力能扛鼎'的大力士,我的身高也没有八尺,非但不是,我自觉修长而挺拔的身材还散发着几分文气。"[5]3

客观来说,亡灵视角与传统的全知全能视角有以下几点区别:前者是显性叙事者,后者是隐性叙事者;前者可以冷静客观地投入情感,或者直接申明自己的立场,后者似乎有价值判断,实则为局外空洞的支配之手;前者是作者与叙述者明显不对应,后者是作者与叙述者相混淆。总之,作家潘军在构建文本结构、选择恰当的叙述切入点时,把项羽的亡灵设置为文本叙述的视点人物和叙述人,这一点创新看似轻描淡写,实则体现了作家在叙述探索上的良苦用心。简言之,亡灵"缺席的在场者"的视角将逃避性与参与性熔为一炉,给予作者以极大的叙事自由和空间。亡灵特殊的角色定位,赋予了作家摆脱历史教科书对于所谓"史实"的刻意追求以及对于历史人物"脸谱化"形象限定的强大力量,表现在小说中最显著的一点就是实现了对项羽形象的颠覆性改写,进而对传统的历史意识进行了质疑与反思。潘军在"霸王自叙"中开篇就对《史记》中叙述人"太史公"的讲述提出了疑问:

> 我要感谢太史公,是觉得他把我的故事大致说得不错,但那还是一鳞半爪,而且许多地方不是那么回事。这就是我今天要出来说几句的原因。我没有别的意思,反正我已死过了两千多年,问题是有些事只有我自己知道,我要不说,就会越传越邪乎,以致我到现在莫名其妙地成了戏台上的一个架子花脸。这让我沮丧,我极不喜欢那个怪异的脸谱。他让我想到神魔,而我是人,是个有诗人气质的男人,是出色的军人。我死的时候也不过31岁,用你们今天的话说,我完全称得上是朝气蓬勃。
> [5]3

在这里,读者有理由相信,一个知晓事情始末的亡魂对自己生前事件的讲述是绝对真实的,在这种言说的真实幻象中,作者实现了对项羽形象的改写,项羽不再是一个鲁莽勇武的"架子花脸",而变成了一个"具有诗人气质的男人",他经常独自一个人在江边吹箫或者沉思,这一切听起来、看起来似乎都是无稽之谈,却因第一人称的"自叙"而显得有理有据。

总之,在《重瞳——霸王自叙》中,亡灵"人"与"超人"的双重品格,使他与文本之间既存在着横向的对话关系,又存在着垂直的支配关系,看起来似乎有矛盾,其实不然,这恰恰是亡灵叙事作为一种叙事策略独异性与优越性的体现。叙述者与文本间的横向对话关系和垂直的隶属关系构建了一个完整的坐标架,二者相互依存,共同支起整篇小说的骨架。作家运用这种叙述方式来构建全篇,不仅可以拥有一个更加宏阔的视野,而且在叙事行文中更加畅达便捷。读者在阅读的过程中,不但可以有耳目一新的感觉,而且通过叙述者与文本关系的这种整体性转换与推衍,还可以发觉隐含作者想要真实表达的思想,由此可以引发出隐藏于文本深处的作家与读者之间的平等对话,揭示作者所要表达的意旨。

(二)"自叙"

首先,"自叙"赋予了要叙述的内容一种私密化的特质。

"我"（项羽）自己讲述的是"只有我自己知道"的事，这种"个人讲述并讲述个人的叙事规范就是私密化叙事"[6]22。《重瞳——霸王自叙》中，项羽与虞姬的初次相遇不但具有这种私密化的特质，而且富于浪漫色调。有一天早上，项羽一个人在江边吹箫，突然，他神奇的重瞳看到一匹威风凛凛、气宇轩昂的白马从远方奔驰而来，"我就下意识地站了起来。谁知这一站却把它给惊吓了，它长嘶一声扬起前蹄，把一个白色的东西掀到了空中，就像一片白云自九霄而落。我大吼一声——虞！那马儿便像听见军中号令似的刹住了脚，与此同时我已向前大跨了一步，接住了那片白云，这时我才看清楚我托在手里的是个姑娘。这倒让我始料不及"[5]10。"吁"和"虞"谐音，于是，当项羽问从天而降的"天使"的名字时，姑娘说："你刚才不是喊了'虞'吗？我就叫虞。"此前，没有任何文字记载项羽与虞姬是如何认识的，司马迁也仅在《项羽本纪》末尾语焉不详地提到"有美人名虞，常幸从"。潘军发现了这一空白，并且运用非凡的想象力对项羽与虞姬初次相遇进行了浪漫的"补白"。由于这一事件发生时，只有"我"和虞姬两个当事人在江边，而讲述这件事的是当事人自己，我们就没有理由不相信事件的真实性。在故事的末尾，作家奇特的想象力再一次得到淋漓尽致的显现，他借一位老人之口，把江边开出的红花叫作"虞美人"。"第二年春天，这块地方开出了一片不知名的红花。有一天，一个老人领着他的小孙女到这儿散步。那孩子就问：爷爷，这些漂亮的花儿有名字吗？老人思忖了片刻说：有。它叫虞美人。"[5]54这是一个精致完美的收捎，我们似乎在刀光剑影之中看到了一丝温情。历史沉重的喘息在潘军笔下不复存在，他举重若轻、别出心裁地设置了项羽吹箫、寻剑、与虞在乌江之畔初次相见以及"虞美人"收尾等一系列情节，这些在史书中难得一见的细节在小说中比比皆是，也许这就是小说文体给读者所带来的独特审美感受。这些不足为外人所道的细节构成了项羽极端个人化的私密记忆，所以也只能在项羽的"自叙"中得以实现，否则，就令人难以置信或者给读者造成一种作者是在瞎编乱造的错觉。

其次，"自叙"更易于展示一个人的"心灵与情感"。文学作为"人学"的形象化、艺术化表述，不但应该客观描摹大千世界中的芸芸众生，而且也应该关注作为个体的人幽深复杂的心灵世界；既要从宏观的视野统揽人类生存的每一个角落，并对人类生存的事实做出整体性的审视和逻辑化的表述，同时，也要承担合理解释个人心灵和身体内部的焦虑与不安的责任。传统的叙事文本多采用全知全能的第三人称外视点对人与事进行整体性把握，作者也往往把文章看成是"经国之大业，不朽之盛事"，以"载道"为文章的神圣己任，凌驾于文本之上，对所叙述的人与事进行权威性的论断或评判，司马迁的《史记》明显就是属于这一类的叙事模本。现代小说开始关注人类自身的微观世界，叙述对象的改变、叙述空间的扩大必然要求叙事规范做出相应的调整，以便更为有效地实现作者想要表达的人类的复杂、矛盾、荒诞甚至变态的心理情感。潘军的《重瞳——霸王自叙》重点展示的就是项羽的"心灵和情感"。例如当项羽推翻暴秦，移师阿房宫后，秦王子婴被人剁成肉酱，"我"（项羽）非但没有感觉到胜利的快感与荣耀，反而陷入失落与悲哀的深渊。"这晚上我陷入一种前所未有的独寂之中。我仿佛看见了我的魂魄像无边无际的汪洋中的一个岛屿。那岛屿是黑色的，在凄凉的月光下闪着寒光，没有人理解这块沉默的石头，而它也不能自行沉没。它的身躯上记录着潮起潮落，而他的见证又是那么无力。"在小说中，项羽是一个对家族、战争、权力非常淡漠的"具有诗人气质的男人"，他感兴趣的是和自己心爱的女人虞姬在江边散步、吹箫或者沉思，然而，他天生的"贵族的血液"又赋予他必须担负起推翻暴秦的神圣使命，这使得他陷入了无穷无尽的矛盾之中。"我就想，一个人的使命或许是神圣的，但未必都有兴趣。从这个意义上看，我和这个子婴无疑就是同病相怜了。"[5]36

再举个例子，鸿门宴是《史记》中最为精彩的一段，但精彩的仅仅是紧张的、戏剧性的冲突和细节描写，缺乏对人物心理的深入剖析。在潘军笔下，鸿门宴的具体过程三言两语一带而过，对人物心理的刻画却令人耳目一新，甚至可以看作是《史记》鸿门宴那一段的补白与完善：

> 我对面的亚父范增，拿着他身上的那块玉块对我再三示意：动手吧！……可这个不明智的老人今夜竟然指挥到了我的头上！那我算什么？我这个二十七岁的上将军怎么能够听命于一个年过七旬的老叟的唆使，来干一个小人的勾当？这样一来，这场鸿门宴岂不成了阴谋的代名词？我岂不是彻底背叛了我的血液？[5]34

项羽在鸿门宴上有数次机会可以杀掉刘邦，但最终却让刘邦死里逃生、全身而退，这难道仅仅是因为刘邦在参加鸿门宴之前安排与营谋的周全与完备吗？恐怕没有几个人能相信这种说法。在各种主观与客观原因中，项羽迟迟下不了决心才是最主要的原因，这一点绝对不能忽视，当时项羽是怎么想的，这当然应该在叙事中有令人信服的交代，但是，在《史记》鸿门宴中，项羽仅仅是一个与刘邦相对存在的"无为"的符号，叙述项羽的笔墨也是几近于无。潘军选择"霸王自叙"的言说方式，赋予历史一种新的想象向度，填补历史事件留下的空白，增加了项羽的心理描写，使人物形象更加丰满可信。刘小枫在探讨叙事与伦理的关系时认为："现代叙事伦理有两种：人民伦理的大叙事和自由伦理的个体叙事。在人民伦理的大叙事中，历史的沉重脚步夹带着个人生命，叙事呢喃看起来围绕个人命运，实际让民族、国家、历史目的变得比个人命运更为重要。自由伦理的个体叙事只是个体生命的叹息或想象,是某一个人活过的生命痕印或经历的人生变故。自由伦理不是某些历史圣哲设立的戒律或某个国家化的道德宪法设定的生存规范构成的,而是由一个个具体的偶在个体的生活事件构成的。"[7]6 刘小枫这段关于叙事与伦理的理论非常恰当地解释了潘军这篇小说创作的意旨与动机,《重瞳——霸王自叙》就是要写出来一个别样的项羽来,他是一个血管里流着贵族血液的且具有诗人气质的军人,一个对世界富有天真烂漫情怀的男人,一个为连天征战所厌倦的性情中人。与传统戏剧舞台上残暴、刚猛的西楚霸王有着天壤之别。从某种意义上说,潘军的《重瞳——霸王自叙》与《史记·项羽本纪》构成了一种共存相补的文本关系,这种关系为我们全面理解项羽这一历史人物形象提供了一幅相对完整的生存镜像。

从白桦和潘军对"霸王别姬"母题的改写不难看出,在当代历史条件下,"霸王别姬"母题的新发展和圆熟,更多地要寄希望于项羽、虞姬人物形象的重新定位和完善,因为现代"霸王别姬"母题的新生,本身就包含着对人物形象的重新理解,没有一个与母题新意向相协调的项羽或虞姬形象的出现,"霸王别姬"母题的现代流变与阐释就会失之于空泛。

注释：

[1] 罗钢. 叙事学导论 [M]. 昆明：云南人民出版社，1994.

[2] 白桦. 西楚霸王 [J]. 收获，1990（3）.

[3] 黄发有. 准个体时代的写作：20世纪90年代中国小说研究 [M]. 上海：上海三联出版社，2002.

[4] 潘军. 先锋文学、地域文化与我的小说创作 [J]. 安庆师范学院学报（社会科学版），2003（4）.

[5] 潘军. 重瞳：霸王自叙 [M]. 北京：中国工人出版社，2000.

[6] 孙先科. 颂祷与自诉 [M]. 上海：上海文艺出版社，1997.

[7] 刘小枫. 沉重的肉身：现代性伦理的叙事纬语 [M]. 北京：华夏出版社，2004.

"墙"意象的文化考察

一、"墙"意象的生成

墙在人类生活中起着抵御风寒、保障安全的作用，也是房屋界域的标志。这是墙作为建筑的一部分的自然属性。墙的存在象征了自我与外界公共社会的隔离。随着社会文化的发展，特别是儒家伦理文化的发展，"墙"又成为秩序和规范的象征，"墙"往往象征着男女之别、男女之防、男女之隔，这时的"墙"从单纯的建筑存在转化为秩序和规范的象征，具有了强烈的社会文化功能。

由于"墙"的秩序和规范性特征，"跳墙"则被蒙上一层伦理色彩，成为具有贬抑含义的描写词语。《孟子·滕文公下》谴责了"不待父母之命、媒妁之言，钻穴隙相窥，逾墙相从"的行为，其结果是"父母国人皆贱之"。《孟子·告子下》也有描述："紾兄之臂而夺之食，则得食，不紾，则不得食，则将紾之乎？逾东家墙而搂其处子，则得妻，不搂则不得妻，则将搂之乎？"在孟子那里，"墙"则被赋予体现男女之防、设置伦理秩序的文化内涵。"钻穴逾墙"是悖越礼制大逆不道的行为。

在中国文学场景中，男女爱情尤其是男女私情往往和

"墙"或"跳墙"联系在一起。不得其允的青年男女,一旦两情相悦,常常会通过"跳墙"的方式来完成男女二人的"相见欢"。早在《诗经》中类似作品既已大量出现,《诗·郑风·将仲子》篇:"将仲子兮,无逾我墙,无折我树桑。岂敢爱之,畏我诸兄。仲可怀也,诸兄之言,亦可畏也。"

战时宋国的美男子宋玉在其著名的《登徒子好色赋》中提到东家之女子"登墙窥臣三年,至今未许也"。汉语成语"偷香窃玉"讲述的是晋代美男子韩寿的"跳墙"故事,事出刘义庆《世说新语·惑溺第三十五》:

> 韩寿美姿容,贾充辟以为掾(古代的属官)。充每聚会,贾女于青琐中看,见寿,说之,恒怀存想,发于吟咏。后婢往寿家,具述如此,并言女光丽。寿闻之心动。遂请婢潜修音问,及期往宿。寿蹻捷绝人,逾墙而入,家中莫知。自是充觉女盛自拂拭,说畅有异于常。后会诸吏,闻寿有奇香之气,是外国所贡,一著人则历月不歇。充计武帝唯赐己及陈骞,余家无此香,疑寿与女通,而垣墙重密,门阁急峻,何由得尔?乃托言有盗,令人修墙。使反,曰:"其余无异,唯东北角如有人迹。而墙高,非人所逾。"充乃取女左右婢考问,即以状对。充秘之,以女妻寿。[1]277

韩寿逾墙窃香的故事生动地再现了"垣墙重密,门阁急峻"情形下两个有情男女逾礼幽会的细节。同时，由于这个故事的存在，后人就把"偷香窃玉"当作男子通过不合礼法的方式得到心上女子的代称。"跳墙"也大致成了"突破礼法""逾越规范"的代称，富含文化和伦理意义。

前代文化赋予"墙"的这种特定的文化内涵在唐诗宋词中也有大量反映。唐代的王维、李白、李商隐、元稹都在自己的诗作中使用过这种积淀了特殊文化意蕴的"墙"及其相关意象。白居易《井底引银瓶》诗："妾弄青梅凭短墙，君骑白马傍垂杨。墙头马上遥相顾，一见知君即断肠。"虽然作者声称写作目的是"止淫奔"，但事实上，这种"墙头马上"故事还是"窃玉偷香"的别种"逾墙"演绎。李白有《效古》"自古有秀色，西施与东邻"，王维有《杂诗》"王昌是东舍，宋玉次西家"，李商隐有《楚宫》"王昌且在墙东住，未必金堂得免嫌"。元稹的"墙"文化意识最为浓厚，其《古艳诗》《压墙花》都以"墙"意象统领全诗，在其传奇代表作《莺莺传》中，"待月西厢下，迎风户半开。拂墙花影动，疑是玉人来"成为脍炙人口的名作。宋词中有"墙里秋千墙外道，墙外行人墙里佳人笑"，准确而微妙地表达出男子隔墙闻听女子娇笑而生发爱慕的心理感受。此外，秦观的《调笑令》、赵令畤《元微之崔莺莺商调蝶恋花词》以及金代董解元的《西厢记诸宫调》都有对"墙"意象的描述。

元代的散曲中也频频出现"墙"的字眼。"粉墙高似隔银河"(兰楚芳散曲《沉醉东风》)、"数枝红杏,闹出围墙"(滕斌《中吕·普天乐》)等,这里的"墙"往往象征的是闺房、家室,或者道德伦理的规则。这种用法延续到今天,我们仍然把男女之间的婚外恋爱称为"红杏出墙"或者"出墙"。

在白朴的《董秀英花月东墙记》《墙头马上》和王实甫的《西厢记》之后,伴随着它们的巨大影响,后世更多的小说戏曲对被赋予特定文化内涵的"墙"意象大做文章,如元郑光祖的《倩女离魂》、明阮大铖的《燕子笺》、清代李渔的《风筝误》等。

二、"跳墙"恋爱模式的演变

"跳墙"作为男女之间恋爱的一种方式,更多的是出现在戏曲当中。在元明及至后来的许多戏曲中,男女主人公"隔墙"相恋、逾墙而从的故事情节反复上演,几成才子佳人爱情叙事的一种模式,鲁迅对此很不以为然,"历来野史,或讪谤君相,或贬人妻女,奸淫凶恶,不可胜数。……至若才子佳人等书,则又千部共出一套,且其中终不能不涉于淫滥,以致满纸'潘安子建''西子文君'……且环婢开口,即'者也之乎',非文即理,故逐一看去,悉皆自相矛盾,大不近情理之说"[2]242,"所谓才子者,大抵能作些诗,才子和佳人之遇合,就每每以题诗为媒介。这似乎是很有悖于'父母之命,媒妁之言'的婚姻,对于旧习惯是有些反对的意思的，但到团圆的时节，又常是奉旨成婚，我们就知道作者是寻到了更大的帽子了"[3]341。鲁迅的批判自有其道理，但这种"跳墙"模式和结局的"大团圆"又往往成为中国古典戏曲的两大看点。元曲四大家之一的白朴，对涉及"墙"的题材情有独钟。他的两部作品《董秀英花月东墙记》和《墙头马上》均是通过主人公的"跳墙"来完成的一段爱情故事。《董秀英花月东墙记》中，男主人公马彬在董秀英家的花园墙头上窥视，引起了秀英的注意，之后，经过隔墙弹琴、联诗，仆人中间递诗等过程，最终定下了东墙之约。马彬于是跳墙赴约，与秀英在墙下花丛中私会，成就美好姻缘。另一部"跳墙"恋爱剧本《墙头马上》，本是对白居易《井底引银瓶》的改写。"妾弄青梅凭短墙，君骑白马傍垂杨。墙头马上遥相顾，一见知君即断肠。"一个墙头一个马上的"墙头相慕"到了白朴的笔下就演变成了"墙头相慕，逾墙欢会"的故事。书生裴少俊春游时，偶遇在花园游玩的李千金，裴少俊写诗挑逗，"只疑身在武陵游，流水桃花隔岸羞。咫尺刘郎肠已断，为谁含笑倚墙头？"而李千金即刻会意，约定裴少俊当晚跳墙来会，"深闺拘束暂闲游，手拈青梅半掩羞。莫负后园今夜约，月移初上柳梢头"。这种增加"跳墙"情节的戏曲故事还有明代孙柚的《琴心记》，本剧讲述的是卓文君与司马相如的爱情故事。《史记·司马相如传》记载：

> 及饮卓氏,弄琴,文君窃从户窥之,心悦而好之,恐不得当也。既罢,相如乃使人重赐文君侍者通殷勤。文君夜亡奔相如,相如乃与驰归成都,家居徒四壁立。卓王孙大怒曰:女至不材,我不忍杀,不分一钱也。[4]321

这里原本有"情挑"和"私通侍者",但没有"跳墙"的情节。而在《琴心记》中,心猿意马的司马相如在西斋看见鸟飞花动,怀疑文君来到,弹奏《凤求凰》,"凤兮凤兮归故乡,遨游四海兮求其凰",文君闻听感叹,司马相如的反应是:"事有古怪,你听墙外低吟,其声清婉,莫是小姐果在那厢?待我手板庭树,跳过高墙。正是:尽情传绿绮,拼死为红颜。"正待跳墙,却有人来,不得相会。所以,司马相如有了"将成好事多魔障,天上人间只隔墙"的唱词。这里的"跳墙"情节是白朴的再创作。"隔墙"相恋、逾墙而从的情节,无疑成了突破封建礼法制度、追求自由爱情的行为象征。

古代最为经典的"逾墙"文学作品是《西厢记》。从唐朝到元代,莺莺和张生的故事广为流传,宋有官本杂剧《莺莺六幺》、赵令畤《元微之崔莺莺商调蝶恋花词》,金代有院本《红娘子》、董解元《西厢记诸宫调》。到了元杂剧的《西厢记》,"墙阻"和"跳墙"设计得以成熟。两个你有情我有意的男女因为墙的阻隔,才生发出一系列生动、诙谐、一波三折的故事。从"墙角联吟"到"隔墙奏琴",再到红娘传信,张生兴冲冲跳墙意与莺莺相会,错搂红娘,却不料莺莺出于羞涩而变卦终惹得张君瑞害相思。这种种诙谐、轻松的情景给我们留下了深刻的印象。"墙"的作用在"阻隔""间隔""分离",正因为有了阻隔和分离,人物的相聚和欢会才更扣人心弦。戏剧围绕"墙"的设置,巧妙地处理了故事叙述的断延、情节的张弛、人物的离合、故事进展的快慢等。在这类爱情故事戏剧中,墙的存在增加了悬念和矛盾,强化了戏剧冲突,故事情节的发展更显得跌宕起伏、扣人心弦。"墙"和"跳墙"在剧本中就有了象征意味。

三、"心墙"意象的现代表现

以《西厢记》为例,在崔张爱情故事的铺展过程中,横在他们之间的"阻隔"和"障碍",不仅仅表现在具象化的"墙"上,而且还体现在文化、伦理等方面的阻碍。即在《西厢记》里,不仅存在可见之墙,而且还存在不可见的无形的"墙"——一种无形的"阻隔"和"障碍"。这种"阻隔"和"障碍"为设置戏剧矛盾冲突、表现主题提供了便利条件。在两个主人公奔向爱情的途中,他们所面对的不仅仅是"普救寺"之墙,还有一些由于封建礼法制度、个性甚至误解所产生的无形的"墙阻"。

张生首先遇到的"墙阻"是红娘。因为佛殿偶遇,张生情牵俏佳人。当他遇到红娘要去与方丈商谈作法事事宜时,他迎头开始自我推销:"小生姓张名珙,字君瑞,本贯西洛人也,年方二十三岁,正月十七日子时建生,并不曾娶妻……"但红娘兜头一盆冷水,"谁问你来?"甚至发怒:"嚱!先生是读书君子,孟子曰:'男女授受不亲,礼也。'君知'瓜田不纳履,李下不整冠'。道不得个'非礼勿视,非礼勿听,非礼勿动'。"这番话,可谓张生遇到的第一堵墙。后来红娘的"策反"使得这堵墙得以消解。

张生遇到的第二堵墙是老夫人。具体表现为老妇人的拒婚。普救寺之围化解之后,张生奔赴老妇人的宴请,原本以为可以和梦中佳人共效于飞,"(夫人云)小姐近前,拜了哥哥者!"老妇人的话也在崔张之间竖起一道厚厚的障壁。在《西厢记》所有的"墙阻"中,老妇人的"墙阻"是最高大坚固的。它构成了戏剧冲突的中心,而其他"墙阻"的存在,只不过是众星捧月。而最终这堵墙壁瓦解,有情人终成眷属,剧本形成了一个完整的封闭结构,剧情随之结束。

虽说故事讲的是崔张爱情的一波三折,但在张生和莺莺之间,也存在着无形的"墙阻",这"墙阻"是莺莺在一个封建大家庭里受到的伦理法度造成的影响和她作为大家闺秀的羞涩所形成的"心墙"。从传笺约会到相见赖简,最终下定决心,自动送上门去,消解的是封建礼教的"墙阻"。

从特定意义上来讲,"普救寺"的墙,由于有了上述种种的"墙阻",因而具有了象征意味。除了这堵砖石之墙,在各等人物之间还有心墙、礼教之墙、伦理之墙。具象之墙与无形之墙的重重设置,使得这个"跳墙"文学文本比之其他的"跳墙"之作高出一筹而成为经典。

这种具墙之外的"心墙"意象在现当代文学作品中也有很多表现。翻检鲁迅的作品,作者的"心墙"意识可谓触目惊心。《故乡》中,当我们还沉浸在对少年闰土伶俐、勇敢的想象中,回想着鲁迅对闰土的感叹,他"心里有无穷无尽的希奇的事,都是我往常的朋友所不知道的。他们不知道一些事,闰土在海边时,他们都和我一样只看见院子里高墙上的四角的天空"[3]504,他那一声谦卑的"老爷!"彻底打碎了我们心中的那个少年形象,也更能体会鲁迅为什么"似乎打了一个寒噤。我就知道,我们之间已经隔了一层可悲的厚障壁了"[3]507。这障壁看不见摸不着,却生生拉开了两个曾经纯洁少年的心。《伤逝》中,子君和涓生为了自由爱情发出呼喊:"我是我自己的,他们谁也没有干涉我的权利!"[5]115他们也曾经"谈家庭专制,谈打破旧习惯,谈男女平等,谈伊孛生,谈泰戈尔,谈雪莱……"[5]114。两颗年轻的心贴得那么近。然而,在他们意识到"人必生活着,爱才有所附丽"的时候,他们的心早已蒙上了灰尘,难以沟通,没法交流。最终,爱情失去了,生命殒消了,留给生者的只是无尽的悲哀。《祝福》中,在祥林嫂的世界里,到处都是对她竖起的厚厚的"墙壁",因为再嫁和丧子被认为是不洁的女人,她走到哪里都是"碰壁"——四叔家不准她沾祭祀的物品,鲁镇的看客和听众用嘲笑的"墙壁"来抵挡祥林嫂的倾诉。而作为知识分子的"我",对于"灵魂和地狱的有无"也不能做出让她满意的回答,徒增祥林嫂对死亡的恐惧。曾经对生活充满希望的祥林嫂,被鲁镇的封建卫道者和愚昧麻木者一点点地绞杀。

被李欧梵称赞为"沦陷都会的传奇"的张爱玲,其小说世界文章主角是各种不同的"海上花",为了生存,彼此隔膜甚至是钩心斗角,母子之间没有亲情,夫妻之间没有爱情,朋友之间没有信任。每个人看上去关系都很近,但彼此又都相互防备,都给对方竖起"心墙"。《金锁记》里的曹七巧,因为金钱嫁给一个短命的病人,夫死之后,她费尽心机争得可怜的家产,似乎还有小叔子的爱恋,但她终于看清小叔子是因为钱财而企图勾引她,骚动的心门随之紧紧关闭。曹七巧因为防备而设置了重重障碍来确保自己守住金钱,包括对自己的子女和儿媳,因为防备而对他们产生窥视心理,乃至于葬送了儿女的幸福。媳妇死掉了,儿子抽上了大烟,整天吞云吐雾,似乎就要获得爱情的长白也最终"一步步走进了没有光的所在"。因为金钱,曹七巧铸了一把金锁锁住了自己,也砍杀了子女。她简直是一个活的僵尸。《沉香屑·第一炉香》中葛微龙靠着自己的年轻貌美,用身体换来了些许钱财,却被黑了良心的"姐妹"吞没了。她对男人财产的转移和"姐妹"对她的坏良心同样表明了人与人之间的算计和防备,心墙不能拆除,结局也在意料之中。《倾城之恋》中,寡妇白流苏因为"倾城"而获得爱情,文章结尾有这样的描写:

> 那堵墙极高极高,望不见边。墙是冷而粗糙,死的颜色。她的脸,托在墙上,反衬着,也变了样——红嘴唇,水眼睛,有血,有肉,有思想的一张脸。……这堵墙,不知为什么使我想起地老天荒那一类的话。……有一天,我们的文明整个的毁掉了,什么都完了——烧完了,炸完了,也许还剩下这堵墙……[6]120

尽管这堵墙让浪子范柳原卜定决心与流苏结婚,但城墙的"极高""冷""粗糙""死的颜色"又怎么能让我们忘怀他们之间的进退来回和流苏受到的熬煎?这熬煎或许正像那堵墙,什么都完了,但它还在,让人刻骨铭心,就像难以愈合的伤疤。

钱锺书的《围城》同样展示的恐怕不仅是一种恋爱哲学:围城里的人想出来,围城外的人想进去。芸芸众生无非就是在不同的围城之中进进出出。经历了事业、爱情和婚姻家庭各个方面的失败。这种失败,究其原因,大都是因为人与人之间的隔膜与孤独造成。隔膜与孤独在他们之间竖起了厚厚的"心墙",使人难以摆脱困境。在三闾大学,从一校之长高松年到中层主任李梅亭、韩学愈,再到普通教师范小姐等,每个人都戴着面具,心怀鬼胎,互相倾轧。方鸿渐在与鲍小姐、苏小姐、周小姐、唐小姐、孙柔嘉的交往中,不能了解鲍小姐、苏文纨,方鸿渐与鲍小姐、苏文纨之间彼此隔膜;唐晓芙与方鸿渐,彼此都怀有真挚的感情,但又误会不断,还是隔膜在作怪;方鸿渐与孙柔嘉组成的小家庭里,斗嘴怄气如园子里蔓延的杂草,牵牵绊绊难以理清。所以,方鸿渐慨叹:"老实说,不管你跟谁结婚,结婚以后,你总发现你娶的不是原来的人,换了另外一个。"俗话说:男人与女人因不了解而结合,因了解而分手。这固然有理,但分手之后恐怕又会渴盼再次"结合"。城外的人想往城里冲,城里的人想往城外挤。《围城》就这样从各个方面表现方鸿渐的孤独,但孤独的绝不仅是方鸿渐。不拆除"心墙",人生到处是围城。钱锺书的深刻在《围城》中就这样体现了出来。

注释:

[1] 世说新语[M].刘庆华,译注.广州:广州出版社,2001.

[2] 鲁迅.清之人情小说[M]//鲁迅全集:9.北京:人民文学出版社,2005.

［3］鲁迅.明小说之两大主潮［M］//鲁迅全集：9.北京：人民文学出版社，2005.

［4］司马迁.史记[M].郑州：中州古籍出版社，1996.

［5］鲁迅.伤逝［M］//鲁迅全集：2.北京：人民文学出版社，2005.

［6］今冶.张爱玲小说[M].杭州：浙江文艺出版社，2002.

孟子"性善说"的根源思辨

一

孔子之后，孟子明确地提出了"性善说"，"性善说"以其深刻的理论内涵为儒家学说奠定了一块坚不可摧的思想基石，并以鲜明的理性主义色彩撑起了人类道德理想主义的大旗。然而，孟子为什么会提出性善说，这是一个值得深究的问题。孟子有鉴于东周列国纷争时期礼崩乐坏的社会现实，承接孔子提出的仁政、王道的政治理想，试图达到拯救社会的目的，但是他没有在孔子的"忠恕之道"上原地踏步，因为孔子并没有明确地解决"仁"和"忠恕"何以可能的问题，所以孟子就明确地把这一更根本的问题提上日程。孟子将目光投向人自身，企图寻找一个本善的人性支点以撑起一个王道流行的道德王国。因此，孟子说："人皆有不忍人之心。先王有不忍人之心，斯有不忍人之政矣。以不忍人之心，行不忍人之政，治天下可运之掌上。"[1]79 也就是说，孟子的政治学说逻辑上需要在人的内部找到一个本然的善性作为起点，因此，孟子顺理成章地提出了"性善说"。孟子的"性善说"认为，人的本性生来就是善的。然而，人性何以不是别的，正如荀子所说是恶的或告子所说是不善不恶的那样，孟子提出了自己的根据。孟子认为，人之所以为人者才是性善以及必然为善的内在根由。孟子的性善说真正的思想价值不在于它可以现实地辟出一个道德的目的王国，而在于它的提出以及它之所以被提出的内在的根据。

孟子是这样解释性善的："所以谓人皆有不忍人之心者，今人乍见孺子将入于井，皆有怵惕恻隐之心。非所以内交于孺子之父母也，非所以要誉于乡党朋友也，非恶其声而然也。"[2]79-80 所谓"不忍人之心"，即人与生俱来的道德意识，它是先天内在于人心的；是人皆有之的，无一能例外；是实践的，即必然对人的心理产生影响，于人心中生起脉脉不断地向善的冲动；它的发布流行是当下的、直接的，全不经思维或欲望的中途，因为一味斟酌损益，道德意识即会被利欲之心遮蔽，人也就随之迷失其向善的本性而沦为畜类。所以，孟子进一步说道："由是观之，无恻隐之心，非人也；无羞恶之心，非人也；无辞让之心，非人也；无是非之心，非人也。恻隐之心，仁之端也；羞恶之心，义之端也；辞让之心，礼之端也；是非之心，智之端也。"[3]80 "不忍人之心"进一步被明确化为"四端"，进一步被肯定为人兽区别的底限和人之为人的根据。

关于性善说的论述，孟子首先肯定了这样两个基本观点："不忍人之心"是人之为人的根本点，是评判人兽的标准，此心把人从动物界拔出；"不忍人之心"又是一种人与生俱来的、先验的道德意识，本身就是一种向善的倾向，这就从道德意识层面规定了人的特性，也正是在此意义上，孟子说人性是善的。若进一步追问孟子人为何生而有"不忍人之心"或"善端"，孟子还是以这两个观点来回答，禽兽生来没有道德意识，人生来具有道德意识，人兽的区别在此，人之向善的规定性还是在此，开天辟地以来万古如斯，一切都是自然的、合乎天性的，"仁、义、礼、智非由外铄我也，我固有之也，弗思耳矣"[4]259。这就是先天的含义，也是与生俱来的含义。所以，冯友兰在释读孟子的性善说的时候也说道："人之所以有此四端，性之所以善，正因性乃'天之所与我者'，人之所得于天者。此性善说之形上学的根据也。"[5]101

在此，孟子强调了一种被称作"天人合一"的解释话语，并把"天人合一"理论作为人之所以具有"善端"或"善性"的另一种解说方式。天行有常，"天不言，以行与事示之而已矣"[6]219，上天以其本身的运行方式昭示了它特有的意志和品格，"是故诚者，天之道也，即此谓也"[7]173。在孟子的天人系统中，天本身的运行就体现出一种道德品格，即"诚"的品格，天本身是什么样子，就表现出什么样子，绝不矫揉造作，绝不遮遮掩掩，绝对对自己的本性负责，这就是上天的道德属性。人作为天的一个重要组成部分，当然也要按"诚"之原则行事，但人又是一种出类拔萃的存在物,人因拥有了向善的本性而高居万物之上,人要按诚之原则行事就是遵从善之本性行事,善的本性要求人怎样做人就怎样做,善的本性是什么样子,人就表现出什么样子。这就是"效天之诚"。天道之诚和人性之善具有同等的对应关系,"天人合一"理论也就顺理成章地成为孟子性善说的逻辑根据。如此一来,性善说有了"不忍人之心"或"善端"的根据,"善端"又有了道德之天的根据,孟子似乎就在这"天人合一"之超言绝象的领域内得以自圆其说了。

但是,"诚者天之道也"是一个主观命题,孟子说天之运行表现了天的道德意识,当然也可以说天之运行本身什么也没有表现,它所显示的仅仅是其本来的样子,事实上,道家持的正是这种观点。对天是否具有道德属性可以持两可的观点,这说明"诚者天之道"并不具有必然性,问题的关键在于天之"诚"从哪里来,天是怎样具有道德意识的。对这个问题不能做出圆满的答复必然使其道德学的形而上学根据陷入神秘主义。[8]101 但是,充满神秘主义色彩的形而上学探源并不能圆满地解释孟子的性善说。

由上所述,孟子性善说的理路是从"善端"到人的规定性再到天诚,依次为人性本善寻找根据的,但是,孟子在天诚的层面并没有为其性善说找到牢不可破的终极后盾。那么孟子的性善说终极的根由在哪里?循着孟子的天诚再向前探究天为什么具有道德意识以及天为什么会"诚",即可找到答案。道德意识本质上是属人的，只有人才具有道德意识，只有人才会展示出"诚"这种特质，这一点可以从"诚"字从言成声的词源学依据中得到论证。因此，天的道德意识是人赋予的，是人"推己及天"的理想化结果。如此一来，原有的问题就被重新还原到了人，人之所以为人者即人的规定性成了问题的关键所在。

"不忍人之心"是孟子所寻找到的人之为人的根本点，如前所述，它是人皆有之的先天道德意识，是人区别于动物的根由，人之为人的规定性就在于这一点万物不备而唯人具备的道德良心。也就是说，孟子在道德层面规定了人的特殊性，质而言之，道德是人基于意志自由而做出的一种理性的选择，道德的规定就是人自为的规定，人性本善即肯定了人在道德的根性上是自律的。对于人来说，这是一个很高的要求，它要求人有意识地做出自为的选择，自己为自己立法，义不容辞地按应然的法则行事。这样一来，"不忍人之心"的根由就显露出来了，它不是别的，正是人的自由自律的理性。

那么理性又是什么？自由又是什么？这是一连串更加令人犯难的问题。自然界万物全然限于必然王国的畛域，即使较为高级的动物也难逃此彀；然而一旦进入人的世界，万象全然为之改观。因为思维能力是理性的存在物，人能运用思维能力使自己从自然界的必然性中挣脱出来，从而自为地服务于自我。在此过程中，人同时也获得了自由。但是，人从必然王国中挣脱出来，获得自由的同时也失去了依托，于是，怎样在浩渺宇宙中安置自我对于人来说就显得非常重要。人类安置自我有两条道路：一条是宗教的道路，即以皈依上帝的方式来安顿自己的精神；另一条是理性的道路，即人在理性上翻一层，站出来给自由立法，帮助自由做出最合乎理性的选择，这种选择本身就是一种自我约束。理性可以从两个层面来界定：首先是在认知物界的层面，理性使人摆脱必然性的束缚，获得认识上的自由；其次是在自我规定的层面，即人借理性来安顿其精神的层面，理性使自己的自由意志遵从自为的法则，不至于胡作非为，从而使人获得道德上的自由和自律，这一层的理性不约而同地被孟子和康德视为人之本质。康德把这两个层面的理性分别称为纯粹理性和实践理性。康德在他的两大批判中寻找的正是纯粹的、先验的理性，并用它来解释人类的知识和道德之所以可能的终极原因。这里撇开知识的理性即纯粹理性不谈，只就道德的实践理性略作考察，以求在寻找人类道德先验原理的过程中，接着孟子往下探求人性本善的根据。

二

说人生而具有理性，也就暗示了这么一点——理性的先验性品格。那么，探求性善的根据为什么要追溯到先验的理性或理性的先验性？理性在思维方面的运用使人类心灵中的认识部分获得了认识的自由，而人类心灵中的意志部分则由于人的理性而必然被设定为是自由的，即人的意志是自由的。[9]103 正因为人具有自由意志，他才彻底地从物的世界中绽放出来，摆脱必然，走向自由，成为自身的目的，并不断地为这个目的竭忠尽智。而理性就是这个目的的监护神，它不断地为意志立法，引导着自身走向自身的目的。"这里清楚表明，人们必须公开承认有一个似乎无可逃脱的循环。为了把自己想成在目的序列中是服从道德规律的，我们认为自己在作用因的序列中是自由的。反过来说，我们由于赋予自身以意志自由，所以把自己想成是服从道德规律的。"[10]105 也就是说，理性既是自由的又是自律的，它要走向自身的目的，要为此目的给自身立法，把自身看作是自身原则的创始人和服从者。即原则的制定者和原则的服从者都是理性。凡是应该做的，理性就在人的心里发布命令让人遵守，于是人的道德感亦即道德良心油然而生。依此分析，孟子所谓人皆有之的"不忍人之心"就是理性选择的必然结果，而理性之所以做出此选择并不需要更高一层的、外在于其自身的原因，它本身就是选择的目的和原因，"不忍人之心"也好，"四端"也好，都是理性为自己所定的原则，都是理性的自律性的结果。这种自律性，康德称之为"道德的最高原则"，它是先验的、独依无傍的，是完全通过对理性这一概念的推演而得出的；当然，它也就是先天的、与生俱来的，一点也不假借人生之外、之上的任何东西。人类的道德之所以可能，"不忍人之心"之所依的根据，全在于先验理性，既自由又自律的理性，它是道德形而上学的最后基点，它解释一切道德的内在根源，但其自身却不能被给予任何解释。

这就涉及理性的另一品格——纯粹性品格。道德所由生之理性是先验的，它只能从自身获得解释，这就排除了任何外在解释的可能，因此，先验的理性必然是纯粹的，纯粹性是先验性的必然逻辑结论。理性使人世间的一切道德行为获得了唯一的无可辩驳的合理性，但同时又把自身的尊严和崇高推向极致，全然排除任何外在的目的，只承认自身就是自身的目的，从而使自身掌握了赋予行为以价值的唯一权力。人之所以愿意有所作为是因为人的善良意志，而不是出于被迫，后者是他律道德的原因。至此，人类的思想发生了哥白尼式的革命，一切功利主义的、契约论的、神学的道德观，乃至墨子的、荀子的、奥古斯丁的道德观，都被打入了他律道德观的另册。它们或出于欲望的支配，或出于利己的目的，或出于功利的图谋，或出于社会的正义，或出于上帝的意志，而没有一个是出于自身的目的，没有一个是出于理性的自律。因此，它们都不能体现人之理性的本质和自由的特性，都不是终极的道德学说。在形形色色的目的面前，人只是实现目的的工具，随目的的转移而转移，人之所以为人的特殊性即道德上为我的自由自律的本性仍被压制着,高尚的自律仍被低级的他律所束缚,人依然处于受它者支配的必然王国之中,还不能纯粹地为自己服务,还不是纯粹意义上的人。总之,人的道德行为全然出于"应然",从不出于任何外在的目的,"人们是为了另外的更高的理想而生存,理性所固有的使命就是实现这一理想,而不是幸福,它作为最高的条件,当然远在个人意图之上"[11]45。"另外的更高的理想"就是自由自律的理性为自身设定的目的,也就是人自身的目的;而个人幸福则是较低层次的,相对于人的本性而言已经是第二位的,因此,它不能作为人类道德的最高原则。要为人类的道德寻找到最高原则,要为性善说寻找到终极的根据,就必须排除种种外在的目的,必须认识到理性的纯粹性品格。纯粹的理性使人的行为只具有一个纯粹的目的,自由地为此自为的目的服务,推行自律的法则,一方面赋予人的行为以至高无上的道德价值,另一方面也为人的行为寻找到了一个不以任何外在目的为转移的永恒法则。也正是在这两个方面,自律的道德才与他律的道德鲜明地区别开来。

但是,道德目的原则和个人幸福原则并不绝对排斥,这就牵涉到一个"圆善"的问题。孟子说:"有天爵者,有人爵者。仁义忠信,乐善不倦,此天爵也;公卿大夫,此人爵也。古之人修其天爵,而人爵从之。今之人修其天爵,以要人爵;既得人爵,而弃其天爵,则惑之甚者也,终亦必亡而已矣。"[12]271 所谓"天爵",就是乐于仁义忠信,求诸向善本性,以其本心为念,全然不把公卿大夫之类的功名利禄放在心上,此乃天赐其爵也。"天爵"的根据可以溯源到人的纯粹理性,它全然排除一切外在的目的,遵从道德至上原则。而"人爵"则是以个人的利益和幸福为目的,它外在于人本身,不出于也不合于人的本性,当然,其行为也就不具备无上的道德价值。"天爵"与"人爵"二者鲜明地体现出自律和他律的区别:前者出于目的,后者出于动机;前者出于规则,后者合于规则;前者还限于必然中,后者已处在自由中。然而,"古之人修其天爵,而人爵从之",即谓二者并不绝对排斥,可以统一起来,道德和幸福之间应当一致,因为人本质上具有道德的理性,他可以把人间所有出于理性的事功都赋予道德的意义。事功凡出于理性者,都是道德的;而人的行为若都出于理性,则没有不道德的。这也就是所谓的从"诚"之原则行事。而"修其天爵,以要人爵;既得人爵,而弃其天爵"者,则完全颠倒了这个标准,恰恰把人之理性作为追求个人幸福的工具,这就抹杀了道德良心和理性自律的终极价值。所以,在追求"天爵"与"人爵"二者的统一时,一定要奉行"天爵"第一原则,即一定要道德原则而不是幸福原则至上。张载言"贫贱忧戚,庸玉汝于成也",是对"知其不可而为之"的不圆满之善的勉励;"富贵福泽,将厚吾之生也",是对圆满之善最诚挚的向往。[13]63 为现实事功进而为个人幸福寻找道德的根据也就牵涉到了这样一个问题——理性如何牵引道德行为，道德借何种方式才是可能的。因此，关于"圆善"的讨论也就预示了理性的又一品格——实践性品格。

理性的实践性品格是怎样表现出来的？据上分析，先验而又纯粹的理性似乎剥离了一切经验的内容，那么它又是如何保持一股对人之道德行为的持久的吸引力？可见，追寻理性的实践性品格就需要在先验的纯粹理性和人的现实道德行为之间架起一座桥梁。然而建构这座桥梁是否具有可行性呢？答案是肯定的，康德索性把道德层面的理性称作实践理性。要解释理性的实践性的含义，还得从先验性和纯粹性说起。理性的先验性和纯粹性就是它完全自由自律的本性，理性有完全的自由说明它是积极的、主动的，即谓它会做出某种选择，拥有某种倾向；而完全的自律则规定了这种倾向必须是自为的，使"某种"倾向明朗化为"自我强制"的倾向。由此可见，实践性是一种积极地"自我强制"的倾向，是使人的所作所为符合其本心要求的一种倾向，也就是赋予现实行为以道德价值的倾向。《圣经》中所谓"爱你的仇敌"正是这种自我强制的倾向，因为爱仇敌合乎道德本心的要求，既然符合道德理性之要求，当然要义不容辞地付诸实践。同时，积极地"自我强制"又把理性积极的一面充分体现了出来，人的道德行为、人的作为，都不能于消极的等待中生出；相反，它们都源于理性之有所作为的倾向，源于理性的积极自律。孟子和后来的理学家都分外强调以个体的道德自律来"立命"，"从而极大地突出了个体的人格价值及其所负的道德责任和历史使命"[14]48-49。关于这一层面的道德理性，张载概括为"为天地立心，为生民立命"[15]320，亦即"君子以自强不息"之意。总之，积极地"自我强制"就是道德理性之实践品格首要的精义，"不忍人之心"就是一种"自我强制"的道德之心，它无须以任何目的为前提就有意识地、积极地迫使自己就范于自律的法则。

然而，积极的理性发挥"自我强制"的功能有一个范围，它只在人心中才有效，这正是实践理性的特殊表现方式。由于实践性是一种倾向，一种"自我强制"的倾向，因此，道德理性的实践只能局限在"自我"的范围内，即只能在人的心理层面发生作用。道德理性的实践在于如何规定人心，并且也只在于如何规定人心。规定人心就是给自己制定法则，在心理上引导人向善，而不是在现实中必定体现出善的结果；前者服从道德律，后者服从因果律，分别对应理性在道德领域和认知领域的运用，故二者的"必然"不具有同等含义：前者只在心里，后者却在心外；前者关涉价值，后者关涉规律。故此，道德上的绝对命令只是一种应然，而不是真正的必然；是"应该"，而不是必定。理性只有在人心中才是实践的，一旦超出人心的界域，理性的实践就可能不必然，实践理性就可能失效。传统儒家常说"知其不可而为之"，"为之"是由于符合心中的道德律，"知其不可"是由于在现实中不必然。实践理性就是以此方式作用于现实、向现实生成的。

总之，孟子明确地提出了性善说，但在解释性善说时却陷入了困境，对道德的先验根据语焉不详；本文在对性善的根据做进一步探讨中，逐渐析出了人的理性，并且展示了它作为道德之形而上学根据的逻辑必然性，进而结合西方伦理思想尤其康德的学说，依次论证了作为道德之根据的理性何以是先验的、纯粹的和实践的，从而为性善和道德寻找到了无可辩驳的最后的内在根据。当然，道德在社会制约和宗教制裁等方面的外在根据也不容抹杀，但它已超出本文范围，兹不赘述。作为道德根据的理性只能在规范人心方面有效，只有在人的精神世界中才能畅行无阻，至于其能否开拓出一个现实的道德王国还是一个未知数，但"人们是为了另外更高的理想而生存"[16]45，这个精神的灯塔必须树立起来，必须在现实之外高扬理性的尊严以指导行为，从而结束道德的无根状态。为了道德的理想，理性就必须自律，人就必须具有"不忍人之心"。历史上的道德王国并不存在，现实的道德王国也没有开拓出来，但是这个"性善"的根据依然存在，而且必然存在。

注释：

[1][2][3][6][7]杨伯峻.孟子译注：上[M].北京：中华书局，1960.

[4][12]杨伯峻.孟子译注：下[M].北京：中华书局，1960.

[5][8]冯友兰.中国哲学史：上[M].上海：华东师范大学出版社，2000.

[9][10][11][16]康德.道德形而上学原理[M].苗力田，译.上海：上海人民出版社，1986.

[13][15]张载集[M].北京：中华书局，1978.

[14]李泽厚.中国古代思想史论[M].北京：人民出版社，1986.

第三编　　中国现当代文学经典作品研究

生命意识的觉醒与寂灭

——《小城三月》中翠姨形象分析

《小城三月》是现代女作家萧红在香港卧病床榻期间写就的最后一篇小说,1941年7月1日发表在《时代文学》杂志上。1941年的萧红重病缠身,在美国女作家史沫特莱的帮助下,住进了香港的玛丽医院,但是现实的冷漠苦闷以及感情上与端木蕻良的危机加深了她心灵的创伤,促使她回想起温情四溢的呼兰小城。于是,她埋首于创作,构思并完成了自己的这篇封笔之作。《小城三月》是萧红短篇小说中的成熟之作,在乱世动荡和人生坎坷相互交织的创作背景下,这篇镕铸了作者切肤生命体验的小说不但有着丰厚的文化内涵,而且叙事形式独特。整篇小说不断进行叙述人称和视角的交叉转换,以一个女中学生"我"的口吻来讲述翠姨的故事;同时,在"我"松散的抒情性回忆中,间或地放弃"我"的视角,转而进入翠姨的内心世界,去表现她细腻的情感变化,从而有效地避免了翠姨正面启蒙者形象遭受损毁的可能。

一

翠姨是"我"继母的妹妹,她十八九岁,秀外慧中,聪明含蓄,多才多艺,会弹大正琴等乐器;她性格沉静执着,为买一双自己心仪已久的绒绳鞋，不辞辛苦地坐着马车，在大雪纷飞的街道上奔走。在"我"家相对自由宽松的环境中，翠姨跟"我"的几位堂兄以及其他亲戚开家庭音乐会、打网球，还跟"我"在外读书的哥哥去大城市哈尔滨游玩了一段时间。这一切都促使了翠姨生命意识的觉醒，她爱上了"我"那个"漂亮而出色"的堂哥哥，然而，翠姨是一个"林黛玉"式的人物，她常常觉得自己是一个订过婚的人，又自惭是一个再嫁寡妇的女儿，不可能获得称心的爱情。她的性格含蓄而又矜持，自卑而又自怜，自惭而又自弃，"她的恋爱的秘密就是这样子的，她似乎要把它带到坟墓里去，一直不要说出口，好像天底下没有一个人值得听她的告诉……"[1]330-331。终于，翠姨在婆家要来迎娶之前病倒了，最后在悒郁、绝望中死去。

翠姨的悲剧首先是性格悲剧，"林黛玉"式的沉静与矜持使她永远把自己的心事深埋心底。在"尾声"中，当母亲说出"要是翠姨一定不愿意出嫁，那也是可以的，假如他们当我说"[1]348时，读者就不免会为翠姨的死而感到扼腕痛惜了（这里的"他们"，是指翠姨和"漂亮出色"的堂哥哥）。翠姨原本是可以为自己争取到幸福的。因为翠姨病重时，母亲曾善意地为翠姨和堂哥哥提供了见面的机会，但是令人惋惜的是，翠姨并没有体会到母亲的良苦用心，最终遗憾地离开了人世。翠姨倔强而任性的脾气没有转化为对外反抗的积极力量，反而变成了折磨她自己的刑具，最终走上了自戕的绝路。其次，翠姨的悲剧是一出典型的社会悲剧。翠姨为了获得自身的独立自主，宁为玉碎，不为瓦全，选择了一条反抗的不归路。然而，翠姨忘记了自己身处的环境，那是一个闭塞落后的小城，里面生活着苟且麻木的人群。在这样的小城里，男子去访问一位小姐都会被认为是有违伦常的，盘踞在人们头脑中的仍然是婚姻自古至今都是爹许娘配的陈旧观念。在这些陈规陋习的威视下，翠姨不敢摆脱自己已有的"父母之命、媒妁之言"的未婚妻身份，更不敢表明自己的真实感情，甚至临终前，在自己所爱的人面前也不敢大胆地吐露心声、表明心迹。翠姨就是这样，精神上承受着世代相因袭的负累，在沉滞、冷酷的社会重压下苦苦挣扎，生命意识觉醒后又无路可走，在精神痛苦和绝望中走向了生命的寂灭。倘若翠姨没有跟几位在哈尔滨读书的堂兄交往、玩乐，她也许就会像小城里大多数年轻女子一样，遵从父母之命，早早地嫁人生子，愚昧而又平静地活着；退一步讲，即使翠姨生命意识觉醒，但是性格不那么执着倔强，而是柔弱顺从，她也许就会隐忍地接受那个并不称心的未婚夫，苟且勉强地生活下去了。但是，翠姨矜持含蓄、自惭自弃、犹疑矛盾的性格最终导致了自身的悲剧命运。有论者认为，翠姨是萧红的另一个自我，从鲁迅在世时她频繁地出入鲁迅家而闷闷不乐到1938年在好友白朗家的郁郁寡欢，她把那么多的隐痛都埋藏在了心底，即使面对许广平、白朗这样的好友，她也从不吐露自己的心事。因此，翠姨式的性格也许是导致萧红悲剧的一个原因。[2]51

从另一方面看，翠姨生前没有一个真正值得愿意帮助她的朋友，唯一值得依赖和可以倾诉的对象只有小说中一个不谙世事的女孩子。翠姨生前悲苦无告、无处倾诉的尴尬境遇和死后的不被理解一样，只能说明这样一个事实，在强大封建旧俗的重压之下，民众麻木程度之深和范围之广。从这种意义上讲，翠姨自戕式的悲剧命运具有振聋发聩的启蒙意义。翠姨个人微小的努力看起来只是一种飞蛾扑火、自不量力的荒唐行为，结果只能是自取灭亡。但是，如果把翠姨的死放在"糊里糊涂地生殖、乱七八糟地死亡"的"生死场"上，或者和在绝无损毁可能的铁屋子里酣睡不醒的国民相比较，她的死不能不说具有深刻的启蒙意义。

二

《小城三月》写于1941年，而小说讲述的却是"十五年前"的旧事，大胆设想一下，如果小说中女中学生"我"的身上真的投射了作者萧红的个人经验的话，那"我"在小说中的实际年龄应该是十五岁（萧红出生于1911年6月1日）。翠姨的爱情悲剧宛若深谷中一簇静开静谢的百合花，羞答答地开，静悄悄地落。以一个十五岁少女的口吻来讲述翠姨凄婉的爱情故事，既别出心裁，又恰如其分。

首先，以一个十五岁的纯净的少女的口吻来讲述故事，与作品所呈现的明丽的色彩、优美的形象、真挚纯善的情感、清新明快的语言是和谐一致的。

其次，小说家布斯曾列举了造成不可靠叙述的六种原因，即叙述者贪心、痴呆、轻信、心理与道德迟钝、困惑、天真。他实际上是说叙述者有任何性格上的缺点或智力上的缺陷都会造成叙述的不可靠。但实际情况并非如此，在现代小说叙述视点人物的选择系统中，被"文明社会"玷污的拥有高智商的人往往与道德沦丧相联系，而智力低下者反而常常使叙述变得极为可靠。《小城三月》选取了一个智力上相对不成熟的未成年人作为叙述者，就预先埋伏下了这样一个价值判断：被几千年来闭塞、沉滞的小城的陈规陋习熏染出来的人，如果在讲述小城自身的故事时，往往会自觉或不自觉地远离社会的真相；智力相对低下的"我"，一个十四五岁的女中学生，相对于其他人物来说，心灵未被陈规陋习同化，受封建礼教毒害较浅。所以，以一个纯净的孩子的眼光，反而能看出社会的毛病。孩子的眼睛，"像末日审判的时候，天使的眼睛"[3]94，"我"的道德意识显然与当时小城里生活的人们的道德观是相龃龉的，"我"的局外人的身份无疑是把自己放逐到了当时整个文化主流之外。叙述者的这样一种身份，在讲述翠姨一个人独战整个社会的富于启蒙意义的爱情悲剧时，有理由不受当时小城陈旧观念的束缚，实现叙述的相对意义上的"可靠性"。

当然，另一方面，客观地说，采用"我"这样一个不谙世事的未成年人的视角，叙述的客观性有可能因为叙述者或视点人物的有限经验而遭到破坏，进而造成价值观的紊乱和道德判断的危机，叙述的可靠性也就失去了其社会文化的立足点，应该说，布斯的担心不是完全没有必要的，当代马克思文论家雷蒙·威廉斯就有一段精辟的论述：

> 在布斯看来，从我们有限的一价观来观察生活，至少在两个方面极其有害。首先，机械地使用人物视角破坏主体，19世纪全知叙述者却能有效地控制主体，产生了很好的效果。第二，纯粹的人物视角引起了全面的相对主义，由于我们只能就叙述者之所及接受叙述，就造成全部价值判断标准的毁灭，其后果是文学效果的源头也被毁灭。[4]178

威廉斯所说的"文学效果"就是指逼真性。以"我"这样一个十五岁的少女的眼光和价值观来对翠姨的爱情悲剧做出一个客观完整的描述，再对它进行公正合理的道德价值判断，几乎是不可能的。例如，《小城三月》中就有一个明显的疑点，如果单从"我"的视角出发，翠姨利用定亲的礼金大肆购置漂亮衣物，最后却千方百计以各种理由搪塞，以期达到不出嫁或晚出嫁的目的。如果不深入翠姨的内心，翠姨的这种行为就会让读者觉得她是一个爱慕虚荣、二三其德的贪财女人，这样的叙述显然会对翠姨的正面形象有所损毁，而这显然也是有悖于作者写作这篇小说的初衷的。

值得欣慰的是，作者在叙述中通过适时地"跳角"，有效地避免了这一危机的发生。作者并没有以"我"的目光统照全篇，而是在"我"松散的抒情性回忆当中，间或地放弃"我"的视角，转而进入翠姨的内心世界，去表现她细腻的情感变化。当叙述视角人物由"我"转到翠姨时，隐含作者也可以适时地通过翠姨来传达出1941年身处香港的作者萧红的道德判断。显然，1941的萧红已是饱经风霜、世事洞明的成年人了，智力和价值判断完全有理由而且有资格使她成为叙述的万能的上帝。这样做有两个好处：一是隐含作者以局内人翠姨的身份出现，避免了叙述者"我"因为有限经验而造成的叙述走向失真化的可能性，也即"文学效果和源头也被毁灭"的可能性，给读者提供出完整而又曲折的故事全貌。另外一个好处就是翠姨隐蔽、细腻的心理世界被照亮了，一系列由不成熟的"我"的眼光看到的有损翠姨道德形象的某些事件在这里得到了澄清。翠姨结婚前跟她的母亲到哈尔滨采办嫁妆，在那里，她受到了"我"的堂哥哥以及其他洋学生的"女同学"似的热情款待，翠姨跟着他们吃大菜、看电影，度过了她自认为是一生中最开心的一段日子。

> 不用说，买嫁妆她是不痛快的，但那几天，她总算一生中最开心的时候。
> 她觉得到底是读大学的人好，不野蛮，不会对女人不客气，绝不像她的妹夫常常打她的妹妹。
> 经过到哈尔滨去一买嫁妆，翠姨就更不愿意出嫁了。她一想那个又小又丑的男人，她就恐怖。[1]344

这一段以翠姨为视角人物并进而深入她内心世界的心理剖析，不但反映出作者萧红对于依从"父母之命、媒妁之言"的传统婚姻制度的鄙弃，而且对翠姨为什么先使了婆家定亲的礼金，后来却千方百计搪塞不出嫁的行为给予了合理的解释。读者在读了上面引用的一段话后就会自觉地解除潜在的对于翠姨道德上存在污点的心理危机。翠姨启蒙意义的形象得到完整的保护。

从整体叙事效果上看，这样一种"跳角"的叙述策略，使得萧红有可能在对国民灵魂展开理性文化批评的同时，书写着非理性的，反形而上学的常识化个体遭遇感受，增强了文本启蒙阐释的个性化程度。可见，这种"跳角"的叙述策略，既有技巧的原因，也有文化上的深层意义，形式的批评显然已经超越了自身而进入文化道德的批评领域。《小城三月》中，女中学生"我"与翠姨的视角的不断转换，局外人与局内人双重身份的交叉出现，赋予小说一种内在的情感导向。翠姨不为庸众所理解的死是对麻木愚昧的生的否定，是对卑下隐忍的女性生存的否定，也是生命觉醒后无路可走的生存境况的否定。翠姨的死维护了个体生命的自主与尊严，是一种在强大的异化力量面前无法把握自己命运又宁为玉碎、不为瓦全的"弱者式"的反抗，具有深刻的启蒙意义。

注释：

[1] 萧红.小城三月[M]//傅光明.中国现代文学名著丛书：萧红卷[M].西安：太白文艺出版社，1997.

[2] 黄丽.翠姨：萧红的另一个自我：对《小城三月》悲剧意味的一种解读[J].丹东师专学报，1999（2）.

[3] 张爱玲.造人[M]//张爱玲文集：第4卷.合肥：安徽文艺出版社，1992.

[4] 赵毅衡.礼教下延之后：中国文化批判诸问题[M].上海：上海文艺出版社，2001.

"欲"之狂欢与"罪"之超越
——铁凝《大浴女》中女性形象解读

《大浴女》是铁凝经过整整一年的时间构思并完成的一部力作。小说没有过于曲折多变的情节设置,同时又异于结构庞大的史诗性叙事。故事讲述的是一个普通女子尹小跳在情感、事业、家庭中不断自砺、成长的心路历程,同时牵缀出其他几个性格各异的女性形象。文本呈现在读者面前的就是这样几个女子的灵魂在欲望的裹挟中挣扎或沉沦、屈从或超越的精彩演绎,在作者对她们的灵魂进行历时态的剖析中,寄寓了作者对女性生存状态的新思考。《大浴女》题目本身与19世纪末法国印象派大师塞尚的一幅著名的油画同名,而"浴"与"欲"又是谐音,不言自明,铁凝想要表达的也许就是女性欲望的洗礼与净化,同时,也寄托着作者对人性善品质的倡引与呵护。

一、尹小跳:心灵的自我原罪与救赎

尹小跳无疑是文本中作者着力塑造的最具光彩的主人公形象。她聪明、善良,同时又桀骜不驯、敏感自尊。尹小跳成长于"文革"期间,小学给她上的第一课就是批判未婚生女的唐津津老师,这永难磨灭的记忆让尹小跳心惊肉跳,同时也让她朦朦胧胧地知晓了罪恶与耻辱的可怕。所以,当她

发现了自己母亲章妩与唐医生有不正当的关系,并且意识到妹妹尹小荃有可能是母亲不贞的"恶之花"时,她把对母亲的一腔怨恨之气转迁到没有任何申辩与反抗能力的尹小荃身上。终于在一个下午,当尹小荃迈着蹒跚的步子走向一个污水井时,出于某种报复或者妒忌心理,尹小跳与尹小帆默契地紧拉住对方的手,无动于衷地看着尹小荃走向了灭亡。

尹小荃的死不是故事的结束,而恰恰是故事的开始,尹小跳从此陷入了自责与歉疚的深渊。可以说,尹小荃的死像一柄高悬于尹小跳头顶的利剑,让她永远生活在自责与自审的阴影之下,"许多许多年前扬着两只小手扑进污水井的尹小荃始终是尹小跳心中最亲密的影子,最亲密的活的存在,招之即来,挥之不去。这个两岁的小美人儿把尹小跳变得鬼鬼祟祟,永远好似人穷志短。人穷志短,背负着一身的还不清的债"[1]196。这种存在于尹小跳心中强烈的负疚感与罪恶感,甚至影响到了她日常生活的方方面面,"是谁让你对生活宽宏大量,对你的儿童出版社尽职尽责,对你的同事以及不友好的人充满善意,对伤害着你的人最终也能粲然一笑,对尹小帆的刻薄一忍再忍,对方兢的为所欲为拼命地原谅拼命地原谅?谁能有这样的力量,是谁?尹小跳经常这样问自己。她的心告诉她,单单是爱和善良可没有这么大的能耐,那是尹小荃"[1]196。可以说,对于"尹小荃事件"深深的原罪意识激发了尹小跳自我救赎的强烈愿望,她愿意付出终身的努的努力去撕毁埋藏在心底的阴暗，摆脱挥之不去的心灵、梦魇般的炼狱式煎熬。作家还借陈在之口讲述了一个乐于助人的青年偷粮票、杀人的故事，指出"无缘无故的善良与宽容是不存在的"，只有怀着原罪意识的人才能对生活抱存宽容的态度。在这种心态的笼罩下，尹小跳原谅了尹小帆刻薄的嘲讽与伤害；对母亲年轻时的"不贞"也渐渐释然了；对于曾经在情感上深深伤害过自己的方兢，她也能以一份平静宽容的态度对待；甚至因这份宽容，她还主动放弃了自己真心所爱的男人陈在。这一切都标志着尹小跳心灵自我原罪和救赎的完成，她头戴波斯菊，走进了自己心灵的花园。

二、唐菲：被侮辱与被损害者

唐菲是《大浴女》中具有双重解读可能性的复杂的女性形象，她天性善良的品质和悲惨的生活遭遇与她放荡的生活史在铁凝的笔下巧妙地结合了起来，她在文本中的存在和意义让我们想到了曹禺笔下的繁漪。她是一个"千疮百孔的美女"，她特立独行，放荡不羁，她敢于宣称"我就是电影"；她是男人们眼中追逐的尤物；她过着颓废的生活，对未来不抱任何希望。她以心甘情愿地做"白鞋队长"的女朋友为代价，换来了别人对自己的惧怕和尊敬；她通过和工厂戚师傅发生性关系实现了当工人的愿望；她无视人们的鄙视，以做裸体模特换取物质上的享受；她甚至为了自己好朋友尹小跳能进儿童出版社而与副市长睡觉……然而，唐菲又是一个不幸的私生女，母亲唐津津在她很小的时候就被批斗致死，因此，年幼的她不得不寄居在唯一的亲人——舅舅唐医生家里，她从小就不知道什么叫作父爱，直到她去世的那一刻，她也没有搞清楚到底副省长俞大声是不是自己的亲生父亲；她心地善良，在物资匮乏的年代，她像姐姐一样提供给好友尹小跳和孟由由以丰富可口的美食；她豪爽仗义、心直口快，为了替尹小跳打抱不平，她痛斥方兢的卑劣行径。在作者铁凝笔下，唐菲身上被赋予了一种内在的情感导向，她是一个值得同情的悲剧性的人物，她不被常人所理解的颓废的生活其实是对孤苦无依生存境况的否定，是对周遭冷漠与歧视的一种弱者式的反抗。当然，也有论者认为，唐菲一系列不被社会所理解的行为从精神分析学层面上来解读的话，是一种变相的"恋父情结"作祟的结果，因为她后来的那些行为并不仅仅是为了生存，她在生命的最后时刻对玩弄过自己的男人们的极端的报复行为，也可以理解为"恋父情结"的一种反作用的结果。[2]36铁凝所设置出的唐菲那特别纯洁的"嘴"的这一细节是意味深长的，她要用这纯洁的嘴去吻自己的父亲，但是遗憾的是，她至死也没有实现这个夙愿。

德国接受主义美学家伊瑟尔认为，一部优秀的作品注定是要留有许多"空白"与"未定性"的，正是这些"空白"与"未定性"构建了本文的召唤结构，也就造成了多种阐释的可能性。唐菲作为一个悲剧性人物，身陷苦难却未能超越苦难，反而在欲望的旋涡中越陷越深，可以说，她的死是文本内部逻辑发展和她自身性格发展的一种必然结果，但是，她的死留给读者的是多处的"空白"和"未定点"，女性如何才能避免陷入欲望的旋涡，女性如何在苦难中成长，都是值得深思的问题。

三、章妩：罪与罚？

章妩在小说中是作为母亲形象出现的。"文革"期间，章妩与丈夫尹亦寻一同下放到苇河农场参加劳动，长期的体力输出以及艰苦的生活条件使她患上了严重的"眩晕症"。因此，她以回城治病为由得以暂时摆脱农场的艰苦生活。在医院里，为了满足在农场长期得不到的个体的欲望，同时也为了能够尽可能长时间地留在城里，她主动与唐医生发生了性关系，并且以此为条件，拿到了假的病假条，从而得以脱离苦不堪言的农场。章妩就这样一步一步陷入了欲望的沼泽，难以自拔，物质的享受与身体的渴望使她忘记了作为一个母亲应有的职责，她疏于对尹小跳与尹小帆的照料与关怀，整天沉迷于和唐医生的秘密幽会。尹小荃的出世以及夭亡使章妩从罪之狂欢中醒来，但一切都已令她追悔莫及、难以弥补，丈夫的冷淡，女儿的不满，都使她力图修补与维护家庭关系的努力化为泡影，她所能维护的只是一个外表完整的家庭的躯壳。即使尹小跳在强大的道德力量支配下原谅了她，她依然陷于无爱的苦闷之中。作家在对章妩作为一个女人而不是作为一个母亲所表现出来的正常的欲望表示出了极大的理解和同情，但是对她满足这种合理欲望的方式表示了否定和质疑。另外，值得深思的是，章妩是铁凝继《玫瑰门》中"恶母"形象司猗纹之后，着力塑造的"审母"的第二个对象。

四、尹小帆：从追崇到叛离

尹小帆是尹小跳的妹妹，小时候，由于父母长期在农场劳动，所以姐妹二人形影不离，相依为命。尹小跳像小母亲一样关爱着小帆，使尹小帆在缺乏母爱的情况下也感受到了温暖。而尹小帆反过来也像个影子一样追随着尹小跳，对姐姐有着一种近乎神圣的崇拜。尹小荃的出世更使两人同仇敌忾，以至于当两人看到尹小荃走向污水井时也心照不宣地保持了沉默。两人之间裂缝的出现始于尹小帆上大学时对姐姐风衣的无理讨要，从那以后，姐妹之间的情谊荡然无存，代替是彼此相互的嘲讽与攻击，争强好胜的尹小帆一心想做生活的胜利者，她嫉妒心极强，她把自己的快乐建立在别人的痛苦之上，甚至以别人的痛苦为自己的快乐。她几近变态地对姐姐尹小跳进行刻薄的挖苦与嘲讽，争夺姐姐的男友麦克。极端的自私与不断膨胀的个人欲望使她失去了生命应有的澄澈与宽容，变成了一个尖刻狭隘而又令人可悲可怜的角色。尹小帆从对尹小跳的追崇到叛离这一动态的演变过程，寄寓着作者对女性与女性之间同性关爱理论的新思考。略显突兀的是，尹小帆一下子从对尹小跳神圣的崇拜转为刻薄的攻讦与对抗，从一个极端走向了另一个极端。王一川在分析《大浴女》中人物形象之间存在的"怨羡情结"时认为，尹小帆强烈地羡慕和怨恨尹小荃的出生，但在尹小荃坠井而亡之后，却把所有的罪责都推卸给尹小跳而自得其乐，她要证明的是，她才是尹家最值得重视的生命，于是，她才把所有的怨恨和羡慕都转移到了尹小跳身上。[3]57 可以说，在"尹小荃事件"上，我们看到是姐妹两人人性深处宽容与自私的两极。

五、关于人物形象之间的"关系"

作家铁凝对"关系"一词十分看重，尤其是作品中人物与自己、人物与他人、人物与自然、人物与世界的关系，一直是她特别关注的东西。她在苏州大学"小说家讲坛"上所做的讲演《"关系"一词在小说中》证明了这一点，她认为，对关系的独特发现是小说获得独特价值的有效途径；对关系突变的独特表现是小说获得人性魅力和人性深度的方法之一。她还认为，凡是能够形成关系的人或事物都不会是静止的，在小说中必会流动或变异。好的设置会使小说富于活力，有时即使情节的推进是缓慢的，但人物内心的节奏也总会充满行进中的动感。[4]6-7 在细致分析了《大浴女》中尹小跳、唐菲、章妩、尹小帆四个主要的女性形象之后，我们再来看她们之间的关系，看作者铁凝是如何设置她们之间的"关系"的。

先看她们之间静态的伦理关系：

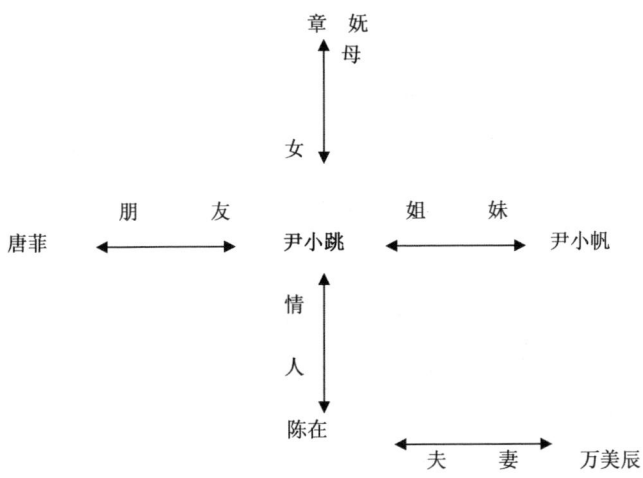

静态的伦理关系像一座完整的坐标架，赋予文本一种内在的相对稳定的骨架，人物必须沿着各自的坐标线与他人发生各种各样的关系，一旦僭越这一伦理禁忌，文本内部人物的行动、语言甚至叙事话语就会变得混乱、支离破碎，甚至不忍卒读。当然，静态的伦理关系只是得以展开叙事的前提，故事一旦开始，人物之间的关系就开始"流动或变异"，

甚至发生"突变"。仔细研究一番，我们不难发现，在铁凝为《大浴女》所设置的人物坐标架上，尹小跳处于坐标系的核心。整篇小说不但以她心灵成长的历程为主线，而且整个人物系统的枢纽也是尹小跳，有论者认为，"全书有一个强大的纽结，尹小荃之死，各种人物和矛盾都拴在这个纽结上。"[5]56。如果说尹小荃和她的夭亡是故事强大的纽结的话，那么尹小跳就是一步一步解开这个纽结的"解铃人"，当这个纽结被尹小跳以强大的道德力量一一化解，人物关系由僵持转向活络，尹小跳同时也就完成了她精神的原罪与灵魂的嬗变。下面就是尹小跳如何在静态的伦理关系坐标系上一步一步调整她与唐菲、章妩、尹小帆的关系，实现其"罪"之超越的过程。

首先看尹小跳与唐菲之间的关系流变，应该说，尹小跳在与唐菲交往之初对唐菲是有一丝艳羡的崇拜感的，因为在少女尹小跳的眼中，唐菲是一个特立独行的人物，她漂亮，大胆，敢于把头发烫成小卷，敢于把衣服改做得那样引人注目，又是那样的得体。但是当尹小跳逐渐长大以后，她逐渐对唐菲颓废放荡的生活方式感到难以理解甚至不能接受。两人之间关系的变化正是通过尹小跳的眼光和感觉细微地表现出来的，可以说，她们关系的这种演变一方面向读者展示了唐菲一步一步走向堕落的过程，另一方面，也反映出尹小跳成长的心路历程。

再看尹小跳与母亲章妩之间的关系演变,当章妩以所谓的"眩晕症"为借口逃避农场的艰苦劳动,并且在与唐医生偷情狂欢的那段日子里,她害怕看到女儿尹小跳哀怨而又愤怒的眼睛,因为尹小跳的眼睛,"像末日审判的时候,天使的眼睛"[6]96,仿佛洞察了她与唐医生全部的秘密,可以说,母女两人当时的关系是互存敌视的。然而,当两人都各自完成个体欲望的道德化嬗变以后,章妩意识到了自己作为一个母亲应有的责任,于是,她开始努力补救外表平和实际上却是即将支离破碎的家庭,极力修复她在丈夫与女儿心目中本该有的慈母的形象。而尹小跳完成自我原罪和救赎之后,也以灵魂的博大与宽容接纳并宽恕了自己的母亲,母女关系在一场一致对外的"商店事件"后开始变得温情脉脉。文本在对母女关系的这种嬗变叙述中渐次照亮了人性深层的隐秘,同时,也展示了欲望对人性的异化以及道德修补的伟力。

如果说尹小跳与唐菲、章妩关系的变异和流动是蜿蜒流淌的两条暗流的话,那么她与妹妹尹小帆关系的"突变"就是陡转直下的瀑布,迅猛得让人有一点始料不及。仿佛一夜之间,尹小帆就长大了,她对姐姐尹小跳不再一味地追崇,反而开始为自己少女时代盲目追崇尹小跳的那段历史感到耻辱,于是她开始攻击尹小跳,仿佛这样才能清洗掉那段自以为耻辱的历史。于是,相濡以沫的姐妹深情突然之间就被恶毒的挖苦、嘲讽和相互的"揭疮疤"以及不怀好意的落井下石所替代。文本中尹小帆的这种顿悟式的"突变"虽然略显突兀,却显示了铁凝对人性的幽深复杂与人类无法摆脱的过去之间紧密关联的发现与揭示,人类必须在对自我的一次次精神"大浴"中获得解脱。

除了显存在文本内部各主要人物之间的关系及这种关系的演变外,《大浴女》人物各主体之间还存在一种隐蔽的"私密关系",在章妩与唐医生之间,在章妩与尹亦寻之间,在唐菲与副省长俞大声之间……可以说,这些人物之间都或多或少隐藏着不可公开化的私密。小说设置了一个"私密关系"的核心人物——尹小荃。尹小荃这个隐匿的人物,是一个缺席的在场者,是"隐私"的聚合体,是"隐私"显现的机制,同时也是私密被永久性隐蔽的关节。对于尹小跳来说,尹小荃是她内心隐蔽的罪恶感的投影,永远挥之不去的原初记忆,这几乎成为她与生俱来的一种难以启齿的隐私。对于章妩来说,尹小荃是她与唐医生偷情的结果,当然也是她不可告人的秘密。对于唐医生来说,尹小荃是他难以逃脱的私密,尽管章妩没有要求唐医生对尹小荃负任何责任,却对他强调了尹小荃的名字与唐菲的名字共享草字头这个事实,唐医生就永久性地拥有了尹小荃这个私密。而对尹亦寻而言,尹小荃是他屈辱的私密,他永远无法回避这个坚硬的存在事实……然而,尹小荃死了,她的死,使得所有的人都获得了解脱,除了尹小跳。可以说,这种私密化的结构设置,使人物之间的关系变成了一种纯粹的情感关系,对他们的描写就是直接拿捏人性的痛处和弱点,显示出作者在透视人性最幽暗最顽强的特质方面所具有的驾驭力。

六、"跳角"叙事方式对人物形象的补救

雷达认为,《大浴女》是一部绝对的女性小说。用女性的心灵、眼睛、感官来触摸一切,观察一切,思索的是女性化的特别富于性别意识的问题,表达的是女性的悲哀与欢欣,但铁凝女性化写作与其他女性作家个人化写作不同的是,无论她笔下的人物形象内心多么复杂,但是小说总有一个大的社会背景,虽然小说无意于完成一般的社会主题,但总有种一种正义或者道德的气息充斥其间。[7]4 尹小跳作为《大浴女》人物形象系统的坐标系核心,是其他人物形象如章妩、唐菲、尹小帆等在欲望或苦难的泥淖中倾斜、堕落的人参照的"标的",是她们应该顶礼膜拜的道德的灯塔,对此,也有论者把尹小跳界定为《大浴女》这篇小说中"道德与智慧的发言人"[8]65。所以,尹小跳这一正面形象的发展与确立应该是作家最先考虑的建构全篇的基础和重中之重,并且在文本的演进过程中作家必须时时保证尹小跳正面形象不受丝毫的损毁。文本之于尹小跳道德化女神形象,就如一座垂直矗立的大厦之于直指天空的脊柱,一旦尹小跳正面形象受到损毁,整座大厦也将倾斜甚至坍塌。

《大浴女》整篇小说的大部分章节都是在第三人称的尹小跳的眼光统摄下讲述或者展示出来的,但在第二章《枕头时期》的第12节,文本叙述的视角却突然相继转入尹小跳和陈在内心世界,以第一人称"我"的口吻向对方深情表达朦朦胧胧、似是而非的爱意:

> 为什么我总在最倒霉的时候碰到你?在我最不愿意碰见人的时候碰见你?……"[1]74 "为什么你总是在最倒霉的时候碰见我?在你最不愿意碰见人的时候碰见我?……我想说我爱你那小脏脸,我爱你那一瘸一拐却假装轻松的虚荣心的小把戏,我爱你散落着一根小辫子的仓皇的背影……[1]78

在这里,事先没有丝毫即将转换视角的信号,突兀的视角转换给读者阅读上造成了一定的困难,但是这一手法的创造性运用,在一定程度上弥补了限制视角叙述不完整的缺憾,同时,又给读者全新的艺术冲击力。这样一种独特的叙事策略被赵毅衡称为叙述的"跳角",在申丹的《叙述学与小说文体学研究》中,这种叙述策略被她称为"视角越界现象",无论是"跳角"还是"视角越界",它在文本叙述以及尹小跳形象塑造层面上所行效的功能与意义都是不可替代的:通过尹小跳与陈在真诚地相互表白,我们在心中就会首先预设下这样一种观念,尹小跳与陈在是真心相爱的。所以，当故事进行到尹小跳与尚未跟妻子万美辰离婚的陈在（也就是传统意义上的有妇之夫）灵肉结合的时候，我们就没有过多的理由去指责尹小跳触犯了伦理禁忌，充当不光彩的"第三者"了，因为毕竟她与陈在深深相爱多年，他们的爱情无论从时间长度上还是深度上都比万美辰与陈在合法夫妻形式掩盖下的"伪爱情"更为合理，因此，尹小跳与陈在的性爱关系在道德上不存在损毁她"标的"形象的可能。这一段叙述形式的"跳角"，自动解除了读者在阅读过程中所形成的对尹小跳正面形象产生的心理危机，有效地避免了尹小跳正面"标的"形象遭受损毁的可能。除此之外，这两段叙述视点"跳角"的个人独白，以第一人称"我"的口吻表达，叙述者由第三人"她"（尹小跳）转换为第一人称的"我"（尹小跳和陈在），其实是一个由外聚焦向内聚焦转换的叙述策略，这一策略变叙述人与文本之间纵向的垂直操纵关系为横向的平等对话关系，让文本中的人物直接与读者交流，无形之中拉近了读者与文本以及作者的心理距离。

从叙事学层面分析，另外一处对尹小跳正面"标的"形象起补救作用的有意义的"跳角"出现在第九章《头顶波斯菊》第50节中，在这一节中，叙述人由第三人称尹小跳转为万美辰，通过万美辰与尹小跳的三次背着陈在的约会，通过万美辰向尹小跳讲述她与陈在之间的故事，围绕在作者所塑造的理想男性陈在身边的另外一个女人万美辰被照亮了，她与陈在之间的故事也呈现在了读者的面前,这是一个对爱情执着、离开了陈在可能就一无所有的女人。下面转述一段万美辰和尹小跳约会时对尹小跳的讲述:

"我们(指万美辰与陈在)见了面。我很直白地告诉他我爱他,他抱歉地笑笑说我还是个学生,说他比我大得太多,希望我能够冷静看待自己的前途和生活。我说我很冷静,我也不在乎相差十岁……"[1]334

通过万美辰的转述,我们知道了这个对爱情执着的女人为了让陈在爱她,曾经刻意地在衣饰、动作、仪表等方面模仿尹小跳,希望陈在有一天会像爱尹小跳一样爱自己,这种看起来荒唐可笑的举动让读者对这个乞求爱情的女子产生了一种深深的悲悯,她不应该遭受到被抛弃的命运。于是,摆在读者面前的问题同样是摆在尹小跳面前的问题,结果,尹小跳并没有像妹妹尹小帆一样把自己的幸福建立在别人的痛苦之上,而是选择了主动退出。爱一个人不一定要拥有一个人,这才是爱的至高境界。可以说,作家通过合理的情节设置,以约会"讲述"的策略实现叙述人的转换,适时地跳入万美辰的内心,让这个女人自己开口讲话,为尹小跳选择主动退出提供了合理的依据。其实,尹小跳的选择不但是她自己心灵成长的必然结果,在叙述策略上,也是避免其正面道德"标的"形象遭受损毁可能的需要。

注释：

[1] 铁凝. 大浴女[M]. 沈阳：春风文艺出版社，2000.

[2] 王春林. 荡涤那复杂而幽深的灵魂[J]. 山西大学学报，2000（4）.

[3] 王一川. 探访人的隐秘心灵：读铁凝的长篇小说《大浴女》[J]. 文学评论，2000（2）.

[4] 铁凝，王尧，栾梅健."关系"一词在小说中：在苏州大学"小说家讲坛"上的讲演[J]. 当代作家评论.2003（6）.

[5] 崔志远. 解读《大浴女》[J]. 河北师范大学学报（哲学社会科学版）.2001（2）.

[6] 张爱玲. 造人[M]// 张爱玲文集：第4卷[M]. 合肥：安徽文艺出版社，1992.

[7] 雷达. 铁凝的《大浴女》[J]. 小说评论.2001.

[8] 王芳. 从三个女性形象的塑造解读《大浴女》[J]. 河池师专学报（社会科学版），2002（3）.

反抗与失落
——从冯沅君小说创作的得与失谈起

冯沅君（1900—1974），原名淑兰，笔名淦女士、沅君、易安、大琦等，河南唐河人，中国现代文学史上著名的女作家，同时又是研究中国古典文学卓有成就的女学者。冯沅君的创作品类繁多，主要有小说、诗、杂文、译文等，小说有三本集子，即1926年收入鲁迅主编的"乌合丛书"的《卷葹》以及1928年由北新书局相继出版的《劫灰》与《春痕》。《卷葹》影响最大，历来被看作是冯沅君小说的代表作。比较而言，《劫灰》和《春痕》虽然在思想的先锐、内容的峻切上比不上《卷葹》，但在艺术手法的探索、语言的运用上都较《卷葹》成熟稳健了不少。总体来说，冯沅君小说创作期较短、作品也不多，留给新文学的也就仅有十四个短篇小说外加一个由50封短信组成的中篇小说《春痕》，然而，这已足以奠定她在"五四"作家群中不容忽视的地位了。

一

1922年夏，冯沅君在北京女子高等师范学校毕业后，随即入北京大学研究所国学门做研究生，研习中国古典文学。但是，由于受当时新文学运动的影响，特别是受郭沫若等人的文学作品的影响，她不仅接受了新的文学观念，而且激起了创作热情。她虽然身为国学研究生，却没有专心埋头书斋，研治中国古典文学，而是从1923年秋开始，陆续写出了《隔绝》《旅行》《慈母》《隔绝之后》四个短篇小说，以"淦女士"的笔名，发表在当时上海创造社的刊物上。这四篇小说，后来编成单行本，总题为《卷葹》。小说发表以后，在当时引起了强烈的反响，鲁迅先生曾给予过肯定的评价："实在是五四运动之后，将毅然和传统战斗，而又怕敢毅然和传统战斗，遂不得不复活其'缠绵悱恻之情'的青年的真实的写照。和'为艺术而艺术'的作品中的主角，或夸耀其颓唐，或炫鬻其才绪，是截然两样的。"[1]7应该说，正是这些描写青年矛盾犹疑心理的"真实的写照"，才使得冯沅君的小说在当时青年知识分子中引起了强烈的感情共鸣。

《隔绝》《隔绝之后》《旅行》这几篇小说虽然各自独立成篇，放在一起却是一部情节连贯、有始有终的"五四"青年爱情三部曲：反叛（反叛的形式是一次类似于私奔的"旅行"）——隔绝（原因是女主人公无法割舍母女亲情回家省亲却被母亲幽禁）——殉情（即"隔绝以后"，原因是家长逼婚，情人之爱与母女之爱不能两全，只好以殉情的形式同时肯定爱情的神圣与母爱的神圣，避免母女亲情遭受亵渎）。据冯沅君自己坦言，这一"爱情三部曲"取材于她表姐吴天的爱情婚姻遭遇，只是对结尾进行了改写。[2]62吴天经过不懈的斗争与反抗，最后与自己相爱的人走到了一块，但是士轸与繻华（《隔绝》《隔绝之后》的男女主人公）最后却双双服毒殉情，为什么现实与文本两种结局会有这么大的反差？冯沅君为小说设计这样一个极端悲惨的收梢究竟意欲何为？这些都是需要我们深入思考的问题。

长期以来，冯沅君的小说被看作正面直击封建婚姻制度、争取爱情自由的范本，其笔下的人物形象多被认为是同封建传统正面交锋的叛逆者形象。但是通过文本细读，我们就会发现她所塑造的人物形象自身也有缺憾。评论家刘思谦认为，冯沅君设计的男女主人公的殉情其实就是作者在情人之爱与母女之情的对抗冲突中寻找到的一条两全之策。她认为，表面上看，冯沅君在设计殉情这一结局时的潜意识是为了表现"五四"主流意识形态的完满性、崇高性，然而，从更深层剖析，这一结局恰恰揭示了女主人公在当时进退两难的尴尬处境。[3]36 "五四"青年们喊出的反封建、反传统、"打倒孔家店"的口号，在很大程度上是飘浮在主流意识形态表层的理性觉悟，没有内化到心理深层，没有成为他们的价值心理，几千年的传统文化观念、价值心理，也绝不是几个先觉者振臂一呼就能够反得了的，它已内化为心理积淀，成为人们实际的价值心理。冯沅君清醒地认识到了反抗的艰难，所以才为小说设计出了悲惨的结局。应该说，冯沅君小说中人物内心所蕴含的那种矛盾、徘徊的反抗心理，在现实生活中具有真实的依据，所以才受到当时"五四"青年知识分子的普遍欢迎。

在《卷葹》中,男女主人公常以复数"我们"的形式出现,并且双方始终保持高度一致的姿态和共同行动的话语方式,可以说是一个男女两性复合存在的精神共同体。这与一般的爱情小说中所常见的男女主人公各具性别主体身份,以性别的眼光对于对方的观察、体验乃至猜测、怀疑明显不同。比如《旅行》中有这样一段话:

在我们俩坐位中间,放的是件行李,它可以说是我们的"界牌",也可以说是我们彼此注视的目光所必须经过的桥梁。假使目光由此过彼,也像人们走路似的必须经过相当的空间。……可是我们又自己觉得很骄傲的,我们不客气的以全车中最尊贵的人自命。他们那些人不尽是举目粗野,毫不文雅,其中也有很阔气的,而他们所以仆仆风尘的目的是要完成名利的使命,我们的目的却要完成爱的使命。[4]18

"我们"与"他们",彼此对立,这在小说叙述中是非常独特的,也是耐人寻味的。"我们"正是靠着神圣的爱情与"他们"相对抗的。"我们"的爱情,是不被"他们"所组成的强大的社会规范所允许的,因此,在这场明显势力不均的对决中,男女主人公只能相互慰藉,结成精神同盟,与强于他们千倍万倍的"他们"进行殊死抗争,"我们"的胆怯与勇敢、自卑与自尊的矛盾心理是由超越于"他们"之上的尊严感来维持平衡的。这种在叙述人称上有意的复数言说,是男女主人公在强大的封建伦理制度压制下的一种无奈之举，也是冯沅君真实刻画人物内心情感的叙述策略。

二

严酷的现实境遇，以及斗争双方实力差距的悬殊，使得男女主人公不得不结成精神同盟，采用复数的"我们"共同言说、一致对外。但是，这种共同的言说牺牲了爱情的现实性和具体性，牺牲了男女主人公各自真实的性别眼光和性别意识，尤其是牺牲了作者作为女性的性别眼光和性别意识，抹杀了性别主体的价值身份。也就是说，爱情在冯沅君笔下被神圣化和观念化了，现实中一个女人和一个男人充满真切感与特殊性的爱情被简化成了斗争的符号。读完冯沅君的"五四"青年爱情三部曲，激愤和感动之余，并不能带给读者更为深刻的反思，士轸与纗华的爱情悲剧仅是飘在云端的反封建的爱情神话，是那样的空幻和遥不可及。

应该说，现代文学中爱情主题的现代性一般被解释为反封建精神，但仅仅强调反封建主题并不能使这个现代性显得全新，因为"五四"前一百余年的文学中，爱情主题的表现已经不同程度地含有背叛封建束缚的基调了。"五四"新文化运动的贡献是将这种背叛固化为一种范式，接近于一种新的意识形态。冯沅君的小说塑造的多是正面直击封建制度的叛逆者形象，不能不说是这方面的代表性作品。但是，"五四"

女性创作还潜存着一个全新的主题，即揭示并逆反新旧父法夫权长期以来对女性的压抑，这也是"五四"女性创作群体爱情表现的最大特色。冯沅君的小说创作恰恰在这一主题揭示方面缺乏前瞻性，单纯的反封建主题很容易导致文本内涵的浅薄以及人物形象的单一化。同时期的女作家凌叔华，敏锐地意识到了反封建主题下父权制家庭以及男性意识形态对女性人身权利的压迫，触及从这种压迫的阴影中走出去的女性同异性的角色关系问题。小说《酒后》中一脸红晕的采苕一定要当着丈夫的面一吻心目中的情人子仪；《春天》中的霄音不由自主地想背着自己的丈夫给病中的、过去的恋人写信；《花之寺》中调皮的燕倩导演了一场诱使丈夫与自己充当的"情人"到郊外幽会的闹剧。三篇小说中三位少妇都一身兼妻子与情人的角色，尽管这情人角色不很出格：采苕要先征求丈夫的允诺；霄音的想法也是萌发于瞬间的冲动；燕倩导演闹剧的目的是要丈夫对自己用情。但不管怎么说，这多少已经是对"五四"时期爱情的"神圣""纯洁"的一种调侃与戏谑了。这与冯沅君将爱情神圣化、观念化的创作理念大不相同。另一方面，凌叔华笔下调皮的采苕真正需要的并不是那一吻，而是向丈夫索取做女人的主体性；念旧的霄音也不会真正背叛自己的丈夫，瞬间的生命冲动表明她想摆脱婚后妻子被动的角色束缚；而同样善谑的燕倩在借自己"播弄的花样"，补充说明着女人主体性的必要，她的一场轻喜剧的潜台词似乎是,既然丈夫可以有"外边女子",妻子是否也可以有类似的或对应的"外边男人"呢?"我是我自己的,他们谁也没有干涉我的权利"——这是"五四"一代女性觉醒的宣言。子君们进入新式婚姻之后,这宣言是否依然适用?当她们由少女变成妻子之后,她们是否还是"自己的"?进一步说,这类家庭中丈夫与妻子的性别角色关系同旧式婚姻有没有区别?这是"五四"女性创作群体少有人关注的盲区,冯沅君也未能洞察到这一点。鲁迅以敏锐的思想洞察力意识到了这一点,《伤逝》中涓生与子君婚后日益窘迫的生活,超前地预示着"五四"新女性在走出"父亲的家"后,又陷入"丈夫的家"的尴尬与无奈。

应该说,在冯沅君短暂的小说创作生涯中,也有机会触摸到反抗父法夫权,争取女性主体性的创作契机。收入小说集《劫灰》中的《贞妇》一篇,在冯沅君整个小说创作中具有一定的特殊性。何姑娘是被封建官僚慕凤宸休掉的前妻,她身患重病,但依然自认是慕凤宸的妻子,咬着牙替慕家守贞,"我生是慕家人,死是慕家鬼,……只要……他让死在他家,就算他有良心了。象我这样没福的人还想啥名利!"[5]70 执着守贞的何姑娘最终遂了心愿,死在了慕家,并因其感天动地的贞节,被慕家厚葬。值得反思的是,何姑娘在遭到丈夫遗弃后并没有反思自身的主体性,更没有毅然决绝地反抗压在自己头上的父法夫权,而是幻想着有一天,自己能重新被慕凤宸召回慕家，所以她执着地为慕家坚守所谓的贞节，直至最后吐血而亡。《贞妇》的特殊性在于冯沅君把视角投向了"五四"女性创作未曾关注的乡镇妇女身上，但遗憾的是，冯沅君并没有抓住这个契机，让何姑娘意识到并反抗压在自己头上的父法夫权。而是以悲悯的情怀、同情的笔触书写了一个精神麻木、落后的乡村妇女形象。冯沅君后期的小说似乎丧失了前期激越的创作情感和峻切尖锐的主题表现风格，变得平淡、稳健了许多，这是冯沅君小说创作历程中一个值得关注和思考的问题。

总体来说，作为作家的冯沅君完全属于"五四"，而且是"五四"一代女作家中很有代表性的一位。尽管她的作品不多，在揭示女性主体的自觉性方面也不够敏锐，但由于其作品真切地表现了"五四"青年一代反抗封建压制的心路历程，所以她仍不失为"五四"女性创作群体中的不可替代的重要作家之一。

注释：

[1]鲁迅.中国新文学大系：小说二集[M].上海：上海良友图书印刷公司，1935：导言.

[2]孙瑞珍.和封建传统战斗的冯沅君[J].新文学史料.北京：人民文学出版社，1981（4）.

[3]刘思谦."娜拉"言说：中国现代女作家心路纪程[M].上海：上海文艺出版社，1993.

［4］冯沅君.旅行[M]//袁世硕,严蓉仙.冯沅君创作译文集.济南:山东人民出版社,1983.

［5］冯沅君.劫灰[M]//袁世硕,严蓉仙.冯沅君创作译文集.济南:山东人民出版社,1983.